KB197403

나는
시궁쥐였어요!

동화는 내 친구 57

나는 시궁쥐였어요!

개정판 1쇄 2025년 2월 25일 | 초판 1쇄 2008년 8월 13일
글 필립 풀먼 | 그림 피터 베일리 | 옮김 이지원 | 펴낸이 박강희 | 펴낸곳 논장
편집 이나영, 김순미 | 디자인 장윤정 | 마케팅 박용석 | 등록 제10-172호 · 1987년 12월 18일
주소 10881 경기도 파주시 회동길 329 | 전화 031-955-9164 | 전송 031-955-9166
제조국명 대한민국 | 사용연령 8세 이상 | 주의사항 종이에 베이거나 긁히지 않도록 조심하세요.
ISBN 978-89-8414-536-8 73840

나는 시궁쥐였어요!

필립 풀먼 글 피터 베일리 그림 이지원 옮김

논장

차례

회초리 일보

진실의

무도회의 사랑

– 궁정 특파원 –

공식 발표가 났다!

매력적인 리처드 왕자가 드디어 신붓감을 구했다!

어젯밤 자정, 궁은 리처드 왕자와 오릴리아 애싱턴 양의 약혼을 공식 발표했다. 왕자는 '아주 행복하다.'고 소감을 말했다. 왕가의 결혼식은 곧 치러질 것으로 예상된다.

우리 회초리일보의 연애 담당 특파원은 이렇게 전한다.

마치 동화 속에나 나올 것 같은 연애담이다. '멋진 왕자와 어딘가로 자취도 없이 사라진 수수께끼에 싸인 아가씨는 참으로 우연한 기회에 만나게 되었다.'

이들은 한여름 밤의 무도회장에서 처음 만났다. 반짝이는 왈츠의 선율에 맞춰 꽃잎처럼 가볍게 춤을 추었다. 둘의 눈망울엔 오로지 상대의 모습만이 가득했다.

왕자의 한 친한 친구는, "왕자가 저렇게 사랑에 빠진 모습은 본 적이 없다. 이번엔 진짜인 것 같다."라고 말한 바 있다.

진전은 아주 빨라, 자정쯤 되자 둘은 머리부터 발끝까지 사랑에 빠져 있었다. 그리고 약혼을 공식 발표하는 데까지는 하루밖에 걸리지 않았다.

사랑에 빠진 리처드 왕자

바람둥이로 유명한 리처드 왕자의 예전 여자 친구들에 대한 기사

– 2, 3, 4, 5, 6, 7, 8면

오릴리아 양의 배경은?

회초리일보 기자들이 사랑스러운 왕자비 후보자인 오릴리아 양의 배경을 추적하다. – 9면

두 사람의 반짝이는 눈을 보세요!

나는 시궁쥐였어요!

　나이 든 밥 아저씨와 조앤 아주머니 부부는 조상 대대로 살아온 시장 옆의 집에 살아요. 밥 아저씨의 아버지와 할아버지와 증조할아버지는 모두 구두 수선공이었고, 밥 아저씨 역시 구두를 수선하지요. 조앤 아주머니는 세탁부예요. 아주머니의 엄마와 할머니와 증조할머니, 기억하는 한 집안의 모든 여자도 역시 세탁부였어요.

　만약 밥과 조앤에게 아들이 있었으면 아마 대대로 해 온 것처럼 구두 수선공이 되었을 거고, 만약 딸이 있었으면 세탁 일을 배웠을 거예요. 그리고 세상은 지금까지처럼 굴러갔겠지요. 하지만 밥과 조앤에게는 딸도 아들도 없었어요. 나이가 들어 가는 두 사람에게 아이가 생길 확률은 점점 낮아졌습니다.

9

어느 날 저녁, 조앤이 조카딸에게 편지를 쓰고 밥이 재미로 만드는 자그마한 진홍빛 구두 뒤축을 다듬고 있을 때, 갑자기 문을 두드리는 소리가 들려왔습니다.

밥은 깜짝 놀라 고개를 들었습니다.

"누가 문을 두드리는 거 같지 않아? 지금 몇 시나 됐지?"

조앤이 대답도 하기 전에 뻐꾸기시계가 열 시를 알리기 시작했습니다. 뻐꾸기가 열 번을 채 울기도 전에 아까보다 더 큰 노크 소리가 들렸습니다.

밥은 양초에 불을 켜 들고 어두운 가게를 지나 앞문을 열러 나갔습니다.

달빛 아래 작은 남자아이가 심부름하는 하인의 옷을 입고 서 있었습니다. 제복은 여기저기 찢어지고 얼룩져 있었고 얼굴은 지저분한 데다가 긁힌 자국투성이였습니다.

"맙소사! 넌 누구니?"

밥이 놀라며 묻자 남자아이가 대답했어요.

"난 시궁쥐였어요!"

조앤이 남편의 등 뒤에서 넘겨다보며 물었어요.

"뭐라고 한 거니?"

아이는 다시 한번 말했어요.

"난 시궁쥐였어요."

"네가…… 계속 말해 봐라. 집은 어디니? 이름은 뭐니?"

조앤이 다시 물었지만 아이는 계속 똑같은 대답만 했어요.

"난 시궁쥐였어요."

나이 든 부부는 일단 아이를 부엌으로 데려왔습니다. 바깥 날씨가 매우 추웠거든요. 그리고 불 옆에 앉혔어요. 아이는 이런 걸 처음 본다는 듯 불꽃을 바라보았어요.

"저 아이를 어떻게 하지?"

밥이 속삭이자 조앤도 속삭이듯 답했죠.

"저 불쌍한 아이에게 우선 먹을 걸 줘야죠. 우리 엄마가 만들어 주던 우유죽을 만들어 줘야겠어요."

조앤은 불 위에 냄비를 올리고 우유를 데운 후 오목한 그릇에 빵 조각을 집어넣고 우유죽을 만들기 시작했고, 밥은 이 아이에 대해 뭔가를 알아내려고 노력했습니다.

"이름이 뭐니?"

"이름 없어요."

"뭐라고? 사람은 누구나 이름이 있는 거야! 난 밥이고 이쪽은 조앤, 그러니까 우린 밥과 조앤이야. 너, 정말 이름이 없니?"

"이름을 잃어버렸어요. 잊어버렸어요. 난 시궁쥐였어요."

아이는 마치 이 말이 모든 것을 설명한다는 듯 되풀이했지요.

"하여튼 넌, 좋은 제복을 입었구나. 어디에서 일하고 있니?"

11

아이는 자기의 찢어진 제복을 보고 의아하다는 표정을 지었습니다. 그러더니 말했습니다.

"몰라요. 제복이 뭔지 몰라요. 아마 일했나 봐요."

"하인으로 일했니? 그러니까 남의 집에서 일하는 거 말이다. 주인어른이나 마님이 시키는 심부름을 하는 거지. 너 같은 심부름꾼은 보통 주인들과 함께 마차를 타고 다니곤 하는데."

"아, 맞아. 나, 마차 타 봤어. 난 착한 심부름꾼이야. 다 잘해."

"물론 그랬겠지."

밥은 그렇게 대꾸하며 식탁으로 따뜻한 우유죽을 가져오는 조앤에게 자리를 비켜 주었습니다.

조앤이 아이 앞에 우유죽 그릇을 놓자마자 아이는 죽 그릇에 얼굴을 처박더니 게걸스럽게 들이켜기 시작했습니다. 더러운 두 손으로 식탁 모서리를 붙잡은 채로요.

"뭘 하는 거니? 맙소사! 그렇게 먹으면 안 돼! 숟가락으로 떠먹는 거야."

조앤이 소리치자 아이가 고개를 들었어요. 아이의 눈썹에는 우유가 묻고 코에는 빵 조각이 붙어 있고, 턱에서는 죽이 뚝뚝 떨어졌습니다.

"불쌍하게도, 아무것도 모르는구나. 아가, 이쪽으로 오렴. 좀 씻어야겠다. 손도 그렇고, 다 말이야. 네 꼴 좀 봐라!"

아이는 자기 모습을 한 번 보고는 마지못한 듯 일어섰지요.

"맛있어. 저거 좋아······."

"네가 씻고 올 때까지 죽은 저 자리에 그대로 있을 거야. 난 이미 저녁을 먹었거든. 그리고 아무도 못 가져가도록 내가 이 죽 그릇을 지키고 있을게."

밥이 이렇게 말하자 아이는 깜짝 놀란 것 같았습니다. 조앤이 주방 싱크대로 데려가 주전자의 물을 조금씩 부으며 씻기는 동안에도 아이는 계속해서 어깨 너머로 젖은 얼굴을 돌려 밥과 죽 그릇을 바라보았습니다.

조앤이 아이를 부드럽게 닦아 주었습니다.

"훨씬 낫구나. 이제 착하게 숟가락으로 먹도록 해라."

"네, 그럴게요."

"심부름꾼으로 일하면서 어떻게 예의범절을 하나도 배우지 못했는지 이상하구나."

"나는 시궁쥐였어요."

"아, 그렇지. 쥐들은 예의범절을 배우지 않지. 하지만 아이들은 배워야 한단다. 누군가 무언가를 주면, '고맙습니다.' 하고 말하는 거야. 그런 게 예의범절이야."

아이는 고개를 열심히 끄덕이며 말했습니다.

"고맙습니다."

"착한 애구나. 이제 가서 앉아라."

아이는 식탁에 앉았고, 밥은 아이에게 숟가락 쓰는 법을 가르쳐 주었습니다. 처음에는 힘들었습니다. 왜냐하면 아이가 계속해서, 숟가락을 입에 넣기도 전에 숟가락을 뒤집어 버렸기 때문이에요. 그래서 아주 많은 우유죽이 입이 아니라 바닥으로 흘러내렸답니다.

그렇지만 밥과 조앤은 아이가 노력한다는 것을 알 수 있었습니다. 아이는 재빨리 배웠습니다. 죽을 다 먹어 갈 때쯤에는 이미 숟가락질을 익힌 것 같았습니다.

"감사합니다."

아이가 인사말을 하자 밥이 칭찬했습니다.

"바로 그거야. 잘했다. 이제 이리 와 봐라. 숟가락과 그릇 씻는 법을 가르쳐 줄게."

밥은 아이와 함께 숟가락과 접시를 씻으면서 물었습니다.

"넌 몇 살인지는 아니?"

"네, 알아요. 난 태어난 지 3주 되었어요."

"3주?"

"나랑 똑같이 3주 된 형제자매들이 있어요. 네 마리나요."

"다섯 명이라고?"

"네, 하지만 오랫동안 보지 못했어요."

"오랫동안이라면, 며칠 동안을 말하는 거냐?"

아이는 잠시 생각하더니 대답했어요.

"며칠 동안이나요."

"그럼 엄마 아빠는 어디 계시지?"

"땅 밑에요."

밥과 조앤은 서로 얼굴을 바라보았습니다. 둘은 똑같은 생각을 했지요. 불쌍한 이 아이는 고아로, 엄마 아빠를 잃은 슬픔에 정신이 이상해진 거고, 아마도 살고 있던 고아원에서 도망쳐 방황하는 게 틀림없다고 말입니다.

식탁 옆에 밥이 보던 신문이 놓여 있었습니다. 그 신문을 본 아이가 갑자기 기쁨에 찬 목소리로 외쳤습니다.

"우앗, 여기, 메리 제인이 나왔어!"

아이는 왕자의 약혼녀를 가리켰습니다. 왕자와 약혼녀는 바로 전날 만나 첫눈에 사랑에 빠졌고, 그래서 이번 주 신문의 주요 기사는 바로 이 둘의 약혼이었지요.

"저분은 왕자님이랑 결혼하실 분이야. 하지만 이름은 메리 제인이 아니란다. 그런 이름은 왕족에게는 어울리지 않지."

밥이 설명하자 조앤 아주머니도 말했습니다.

"네가 착각한 것 같구나. 아무튼 오늘은 아무 데도 가지 마라. 넌 여기서 자면 돼. 아가, 우리가 침대를 준비해 주마. 그리고 아침이 되면 네가 갈 곳을 찾아보도록 하자."

아이가 말했습니다.

"아, 나는 갈 곳이 없어. 그러지 않았더라면 여기 오지도 않았을 거예요."

"어쨌든, 무슨 이름으로든 널 불러야 할 텐데."

아이는 마치 밥의 말을 외우려고 하는 듯 따라 했습니다.

"무슨 이름으로든."

조앤이 말했습니다.

"진짜 이름 말이다. 그러니까…… 카스파라든지 아니면……."

"크리스핀. 크리스핀은 구두공들의 성인이지. 좋은 이름이야."

밥에 이어 조앤이 다시 말했습니다.

"빨래하는 여인들의 성인도 분명 있을 거예요. 다만 아무도 모를 뿐이지요."

"하지만 여자 성인이라면 남자 이름으로는 안 돼."

"하긴 안 되겠죠. 그럼, 우리…… 우리 이 아이를 로저라고 부를 수는 없겠죠?"

로저는 바로 두 사람에게 아들이 생긴다면 지어 주자고 한 이름이었어요.

"오늘 하루만 쓸 이름인데, 안 될 게 뭐 있겠어."

밥의 대답에 조앤은 아이의 어깨에 손을 얹으며 말했습니다.

"애야, 네가 이름이 없다고 하니까 하는 말인데, 우리가 널 로저라고 불러도 될까?"

"네, 고맙습니다."

밥과 조앤은 남는 방에 침대를 준비해 주었어요. 그리고 조앤은 아이의 옷을 빨았습니다. 밥의 낡은 잠옷을 입은 아이는 너무 작아 보였습니다. 옷 속에 폭 싸인 아이는 자기를 휘감을 꼬리를 찾으려는 듯 열심히 주위를 둘러보다가 바로 잠이 들었습니다.

밥이 아이의 제복을 주름 펴는 기계에 넣으며 말했습니다.

"저 아이를 어떻게 하지? 저 아이는 야생 소년일지도 몰라. 어렸을 때 버려져서 늑대가 키운 아이처럼 말이야. 아니면 정말 시궁쥐가 키웠을 수도 있고. 저번 주에 신문에서 저런 아이에 대한 기사를 읽었다고."

"말도 안 되는 소리 하지 마세요!"

"당신이 어떻게 알아. 자기 입으로 말했잖아, '난 시궁쥐였어요.'라고. 당신도 들었으면서!"

"쥐가 무슨 심부름꾼 복장을 하고 다녀요? 게다가 쥐는 말도 못한다고요."

"벽 사이로 사람들이 하는 말을 들었을 수도 있지. 그리고 빨랫줄에서 제복을 훔쳤을지도 몰라. 그게 사실일 거야. 저 아이는 야생 소년이고 쥐들이 키운 아이라고. 그런 기사가 매주 신문에 나와."

"바보 같은 소리 그만 하세요."

뒷간

다음 날 아침, 조앤은 아이가 갈기갈기 찢어진 이불과 담요, 깃털이 뒤섞인 더미 위에 누워 자고 있는 것을 발견했습니다.

무언가 밤중에 창문으로 들어와서 아이를 공격했다고 생각한 조앤은 비명을 지르려다가 멈칫했습니다. 그런 데서도 아이가 아주 평안히 자고 있었기 때문입니다. 너무나도 기가 막힌 광경이었지만 아이를 깨우고 싶지는 않았습니다.

조앤은 밥을 불렀습니다.

"이리 와서 좀 보세요."

안을 들여다본 밥도 놀라서 입을 다물지 못했습니다.

"여우가 지나간 닭장 같군."

이불도 담요도 갈기갈기 찢어져 성한 것이 하나도 없었습니다. 베개는 완전히 갈라져 입을 벌리고 있었고 깃털은 침대 위에 눈처럼 쌓였습니다. 밥의 낡은 잠옷도 아이의 마른 몸이 누워 있는 매트리스 주위에 찢어진 채 널려 있었습니다.

"오, 로저, 이게 도대체 무슨 일이니?"

아이는 벌써 자기 이름을 익힌 것 같았습니다. 왜냐하면 조앤이 '로저'라고 부르자마자 명랑하게 일어나 앉았기 때문입니다. 그러고는 말했습니다.

"또 배가 고파."

"네가 한 짓을 좀 봐라! 도대체 무슨 생각으로 이런 거니?"

아이는 자랑스럽게 주위를 돌아보았습니다.

"힘들었지만 참고 겨우 했어. 더 씹고 찢어야 할 부분들은 다음에 할게요."

"넌 물건을 찢으면 안 돼! 내가 이걸 다시 다 바느질해서 꿰매야 한단 말이야. 사람은 무언가 갈기갈기 찢으면서 살지는 않아. 맙소사! 어이쿠, 맙소사."

보면 볼수록 방 안의 상태는 심각해 보였습니다. 제대로 복구하려면 몇 시간은 걸릴 것 같았습니다.

밥이 물었습니다.

"이렇게 한 건 네가 시궁쥐였기 때문이니?"

"네!"

"아하, 그렇구나. 어디 설명 좀 해 봐라."

밥은 차분하게 이렇게 말했지만, 조앤은 설명을 들을 기분이
아니었습니다.

"그게 무슨 상관이에요! 로저가 뭐였건, 지금 상태가 중요해
요! 이렇게 물건을 찢으면 안 되는 거야!"

조앤은 소리치면서 아이의 어깨를 붙들고 흔들었습니다. 세
게 흔든 것도 아닌데 아이는 깜짝 놀랐습니다.

밥이 말했습니다.

"부엌으로 같이 가자. 네게 할 말이 좀 있단다. 하지만 우선
넌 예의범절을 좀 더 배워야 할 것 같구나. 네가 아주머니를 화
나게 했으니까, 그럴 때는 '죄송합니다.'라고 하는 거란다."

"죄송합니다. 이제는 알았어요. 죄송합니다."

"따라와라."

밥은 아이의 손을 잡았습니다. 밥은 로저가 불안해하며 몸을
비트는 것을 보고, 상황을 눈치채고는 화장실에 데려다 주었습
니다. 그리고 말했습니다.

"필요하면 이곳에 오면 된단다. 알았지?"

"네, 좋은 생각인 거 같아요."

"이제 가서 아침밥을 먹자. 그 잠옷 조각으로 몸을 감싸라.
옷을 벗고 다니는 것은 예의에 어긋나는 일이야."

로저는 앉아서 밥이 빵 두 조각을 잘라 불 위에 구워 토스트
를 만드는 것을 지켜보았습니다.

"달걀을 요리해 주마. 달걀 좋아하니?"

"네, 고맙습니다. 나 달걀 아주 좋아해."

밥은 달걀을 깨 프라이팬에 넣었습니다. 로저는 입을 벌린 채 흰자가 퍼지면서 거품을 내고 노른자가 가운데에서 반짝이는 것을 보았습니다.

"너무 예뻐요! 달걀 속은 처음 봤어!"

"달걀을 한 번도 먹어 본 적이 없니?"

"어두울 때만 먹었어요."

"네가 시궁쥐였을 때 말이냐?"

"네, 나랑 누나랑 형들이랑 어두울 때 먹었어요."

"좋아, 그렇다면."

밥은 평온하게 말하며 달걀 프라이를 접시에 담고 토스트에 버터를 발라 주었습니다.

로저는 곧바로 달려들고 싶었지만 겨우 "고맙습니다."라고 말하는 걸 기억했습니다. 그러고는 얼굴을 접시에 가져다 대었다가 뜨거운 열기에 깜짝 놀라 숨을 들이쉬며 뒤로 물러났습니다. 눈에는 눈물이 맺혔고 입과 코에서 노른자가 뚝뚝 떨어졌습니다. 로저는 어쩔 줄 모르고 밥을 쳐다보았습니다.

"아이고, 네가 달걀을 어떻게 먹는지 모르는 걸 까먹었구나. 넌 아직도 네가 시궁쥐라고 생각하나 보구나."

"네."

로저는 대답하고는 얼굴에 묻은 달걀을 손가락으로 쓸어 소리를 내며 빨아 먹었습니다.

"술가락이 없어서 얼굴로 먹었어요."

"술가락이 아니라 숟가락이다. 달걀을 먹을 때에는 칼과 포크를 쓴단다. 이렇게 하면 돼. 나를 따라 해라."

로저는 밥이 가르쳐 주는 대로 따라 하려고 최선을 다했습니다. 칼과 포크로 달걀을 먹는 것은 숟가락으로 우유죽을 먹는 것보다 훨씬 어려웠습니다. 로저가 기진맥진할 때마다 밥은 토스트를 한 조각 먹으라고 일렀습니다. 로저는 두 손으로 토스트 조각을 받쳐 들고 앞니를 사용해서 빠르게 씹었습니다.

"토스트가 맛있어요. 그리고 달걀도요."

"좋아. 이제 이야기를 들어라. 우린 네가 어디서 왔는지 알아야만 한단다. 어쩌면 누군가 너를 찾고 있을지도 모르니까. 넌 너무 어려서 혼자서 살 수는 없어. 그냥 여기 있을 수도 없고. 왜냐하면, 왜냐하면…… 넌 우리 아이가 아니니까. 알겠니?"

"나는 여기에 있고 싶어요. 다른 데는 가기 싫어요."

"글쎄, 우리는 법을 지켜야 하거든. 시청에는 똑똑하신 분들

이 있는데, 그 사람들이 뭐가 옳은지 결정해 준단다. 그곳에
가서 물어보도록 하자."

로저가 대답했습니다.

"네, 좋아요."

시청

밥네 가족이 찾아가야 할 사무실은 커다란 계단을 올라간 맨 꼭대기 층에, 나무판자를 댄 복도를 지난 곳에 있었습니다. 밥과 조앤은 아이의 손을 꼭 잡았습니다. 아이가 마치 달아날 것처럼 계속 몸을 비틀며 이리저리 움직이려고 했기 때문입니다.

"또 뒷간에 가고 싶으냐? 그래서 그러니?"

밥이 묻자 조앤이 이렇게 중요한 장소에서 그런 단어를 사용하느냐면서 조용히 하라고 핀잔을 주었습니다. 하지만 밥은 "뒷간이 가장 중요한 장소가 되는 때도 있는 거야." 하고 대꾸했습니다.

로저가 말했습니다.

"아니요. 벽에 붙은 나무토막이 무슨 맛인지 먹어 보고 싶어서 그래요."

"이 애가 이상하긴 이상해요."

이렇게 말하면서도 조앤은 아이를 사랑스러운 눈길로 바라보았습니다. 아이는 깔끔해 보였습니다. 갈색 머리는 맵시 있게 빗질해 반질반질 물을 발랐고, 제복은 깨끗이 빨아 다림질돼 있었고, 생기 넘치는 까만 눈은 주위를 뚫어져라 둘러보았지요. 그들은 미아 찾기를 담당하는 사무실에서 한 여자가 서류를 작성하는 동안 앉아서 기다렸습니다.

밥은 일을 제대로 처리하기 위해 긴장했습니다.

"우리는 사실 잃어버린 아이가 아니라 발견된 아이를 담당하는 부서에 가야 합니다. 왜냐하면 이 아이는 잃어버린 게 아니라 우리가 발견한 거니까요. 하지만 그런 부서는 없는 것 같아서 이리로 왔습니다."

"정황을 상세하게 말씀해 주세요."

말을 마친 여자는 아주 뾰족하게 깎은 연필이 가득 꽂혀 있는 통에서 연필을 하나 꺼냈습니다.

로저는 여자의 손이 연필통으로 향하는 것을 보았지만, 그 뒤에 종이 위에 연필로 글을 쓰는 것은 보지 않았습니다. 연필통을 본 순간, 로저는 연필에 푹 빠졌습니다. 로저는 너무나 연필이 가지고 싶었습니다.

그래서 여자와 조앤과 밥이 책상에 몸을 기대고 이야기하는 동안 로저는 연필통을 향해 천천히, 조심스럽게 무릎으로 기었습니다. 마치 살금살금 걸어가 고양이의 먹이를 훔치고 싶어 하는 강아지처럼 말입니다.

밥은 여자가 하는 말을 잘 이해하지 못했습니다. 그래서 몸을 책상 위로 바짝 구부리고 여자가 작성하는 서류를 넘겨다보았지요.

"아니, 아니요. 그런 게 아닙니다. 이 아이는 어디에서 온 게 틀림없습니다. 누군가 이 아이를 찾고 있을 거란 말입니다."

"확실하게 말할 수 있어요. 저희의 기록은 아주 정확합니다. 이 도시에서 신고된 미아는 없어요. 남자아이건 여자아이건, 단 한 명도요."

"그렇다면 발견된 아이는요?"

"우리가 발견되는 아이들에 대해 할 수 있는 조치는 없습니다. 여기는 미아를 찾는 사무실이니까요."

"이런, 무슨 소리인지 잘 모르겠는데."

"아이에게 직접 어디서 왔는지 물어보셨나요?"

그다음에 그들은 모두 로저를 바라봤지요.

로저는 모두가 자기를 바라보는 것에 만족스러워하며 고개를 쳐들었습니다. 하지만 무언가 죄를 지은 듯한 표정을 짓고 있었습니다. 로저의 입 밖으로 연필의 끝부분이 튀어나와 있었는데, 로저는 얼른 삼키고는 입을 꼭 다물었습니다. 하지만 입술

주위에 연필심 가루와 빨간 페인트 조각이 묻어 있었습니다.

　조앤이 말했습니다.

　"애야, 지금 도대체 뭘 하는 거니?"

　로저는 대답을 하려고 했지만 입속에 연필이 가득 들어 있어 말이 나오지 않았습니다.

　여자가 말했습니다.

　"저 연필은 시청 재산이에요! 두 분이 물어내셔야겠습니다!"

　밥은 돈을 물었습니다. 연필값으로는 너무 많은 것 같았습니다. 로저는 자기가 무언가 잘못했다는 것을 알았습니다. 그래서 연필을 목으로 다 넘기자마자 말했습니다.

　"죄송합니다."

　조앤이 나무랐습니다.

　"말은 제대로 했지만, 진짜 사과하는 건 아니잖니. 애야, 정말 나쁘구나. 그러면 못써."

로저는 당황스러워하는 것 같았습니다. "죄송합니다."라고 말하는 것 말고 또 무언가를 해야 하는 것일까요? 진짜 사과한 다는 것은 무엇일까요? 로저는 어른들을 쳐다보았지만 어른들 은 다시 자기들끼리 이야기를 했습니다.

여자가 말했습니다.

"저 아이가 분명히 뭐라고 말을 했을 거예요. 이건 제 일이 아닌데도 저는 두 분을 도와드리려고 지금 노력하는 거예요. 두 분한테는 제가 정말 최선을 보여 드리는 겁니다."

로저는 최선을 보려고 주위를 둘러보았지만, 어떻게 생겼는 지 몰랐기 때문에 혹시 그것이 연필을 말하는 것이 아닌지 생 각했습니다.

밥이 설명했습니다.

"아이가 자기는 시궁쥐였다고 말했습니다. 그러니까 지금 시 궁쥐라고 말한 게 아니라 시궁쥐였다고 말입니다. 그게 아이가 한 말의 전부입니다."

여자는 짜증 난다는 듯 둘을 바라보았습니다.

"그런 이상한 얘기를 들을 시간은 없어요. 저는 할 일이 많다 고요."

"예, 알겠습니다. 더는 당신에게 묻지 않겠습니다."

이렇게 말하며 일어서는 밥은 조그마한 아이와 비교하면 집 채처럼 커다랗게 보였습니다.

밥이 덧붙였습니다.

"제가 할 수 있는 말은, 당신은 아무 도움도 되지 않았다는 겁니다. 그럼 이만, 좋은 하루 되세요."

로저를 가운데에 세우고 노부부는 시청을 나왔습니다.

아이가 물었습니다.

"이제 저는 여기서 살 수 없는 건가요?"

밥이 대답했습니다.

"여기서 살지 않는단다."

"제가 나빠서 그러나요?"

"넌 나쁘지 않아."

"하지만 아주머니가 제가 나쁘다고 했어요."

밥이 얼굴을 찌푸리며 말했습니다.

"아주머니는 혼란스러워서 그런 거야. 사실 지금은 나도 혼란스럽단다."

고아원

별로 멀지 않은 곳에 고아원이 있었기 때문에 밥과 조앤은 혹시나 해서 고아원에 가 보기로 했습니다. 하지만 고아원 바깥에 서서 깨진 유리창 사이로 들여다보며, 그 유리창과 금 간 벽돌들과 떨어진 지붕의 타일 사이로 새어 나오는 고아원 냄새(조금 나은 것이 썩은 담배 냄새와 삶은 양배추, 씻지 않은 몸 냄새였습니다.)를 맡고, 위층 창문에서 새어 나오는 누군가의 불행한 울음소리를 들으면서 밥과 조앤은 서로를 바라보며 머리를 흔들었습니다.

말을 할 필요가 없었습니다. 둘은 로저의 손을 잡고 몸을 돌려 그 자리를 떠났습니다.

경찰서

경찰서 앞에는 파란 불이 켜져 있었고 몸집이 단단한 경사가 책상에 앉아 사무를 보고 있었습니다. 로저는 모든 것을 샅샅이 둘러보았습니다. 콜로라도 딱정벌레 포스터와 수배된 범죄자 그림, 자전거 안전 수칙 등을 말입니다. 로저는 글을 몰랐기 때문에 딱정벌레 포스터가 가장 좋았습니다. 아주 맛있어 보였거든요.

자리를 지키던 경사가 물었습니다.

"무슨 일이죠?"

밥이 설명했습니다.

"어젯밤에 이 아이를 발견했습니다. 아이가 자기가 어디서 왔는지 모른다고 했습니다. 그래서 여기로 데려왔습니다."

로저가 얼른 끼어들었습니다.

"나는 내가 어디서 왔는지 알아요. 시장 아래에서 왔어요. 치즈 가판대 뒤에 깨진 홈통이 있는데 거기 내 집이 있었어요."

그리고 경찰에게 설명을 잘 하려는 듯 덧붙였습니다.

"나는 시궁쥐였어요."

경사는 로저를 오랫동안 째려보다가 말했습니다.

"경찰이 귀중한 시간을 허비하게 하는 것은 법률에 어긋난다는 걸 알고 있소?"

밥이 설명하려고 애썼습니다.

"아니, 이 애는 혼란스러워하고 있습니다. 그래서 그런 겁니다. 아마 머리를 부딪쳤나 봅니다. 이름뿐만 아니라 모든 것을 기억하지 못합니다."

아이가 말했습니다.

"이제는 알아요. 나는 로저예요."

경사가 물었습니다.

"성은?"

"내 성은……."

그러더니 로저는 답을 찾은 것 같았습니다.

"내 성은 성이에요. 그러니까 성 로저."

그러고는 확신한다는 듯 고개를 끄덕였습니다.

조앤이 말했습니다.

"시청에도 가 봤지만 아무 도움이 안 됐어요. 그래서……."

밥도 설명했습니다.

"그래서 이제 경찰서밖에 도움받을 곳이 없다고 생각했습니다."

경사는 연필로 책상을 톡톡 두드리며 말했습니다.

"만약 이 아이가 머리를 부딪쳤다면, 아이를 병원에 데리고 가 봐야 할 거요."

조앤이 대답했습니다.

"아, 그건 생각하지 못했군요."

로저는 경사의 손을 바라보더니 말했습니다.

"그건 좋은 최선이군요."

"뭐라고?"

"아저씨 손에 있는 최선이요. 뒤쪽을 씹어 놓으셨네요. 하지만 뾰족한 쪽을 씹는 게 더 맛있어요."

경사는 뻗쳐오르는 화를 간신히 억누르고, 겨우 평정을 되찾았습니다.

"모두들 듣지 않았소? 이 아이가 내가 병원이라고 말하니까, 최선이라고 한 거. 분명해요. 이 아이는 머리를 부딪친 게 틀림없어요. 어쨌건 간에 이 아이는 정신 병원에서 탈출해 나온 것 같소. 하지만 그런 경우에도 병원에 가야 하는 건 확실하니까, 여기에 둘 수는 없소. 우리 경찰서에는 정신병자를 수용하는 시설도 없고, 이 아이가 죄를 저지른 것도 아니니."

경사는 로저를 노려보며 덧붙였습니다.

"아직은 말이오."

병원

병원 접수원이 말했습니다.

"아니에요. 이 아이는 우리 환자가 아닙니다."

병원은 아주 어수선했습니다. 다리가 부러진 사람, 사고로 머리에 냄비가 붙은 사람들이 차례를 기다렸지요. 흰옷 입은 의사들은 이리저리 돌아다니며 청진기로 사람들의 심장 박동 소리를 들어 보고 열을 재었습니다. 간호사들은 환자용 변기를 비우거나 상처에 붕대를 감았습니다. 로저가 가 본 장소 중 최고였습니다.

"하지만 이 아이는 머리를 부딪쳤을지도 몰라요! 가엾게도 이 아이는 자기가 시궁쥐였다고 생각하고 있단 말이에요!"

"흠……."

조앤의 설명을 들은 접수원은 분홍빛 쪽지에 '설치류 환각'이라고 썼습니다.

로저는 접수처 책상을 아주 관심 있게 바라보았습니다.

"최선이 아주 많으시네요."

"최선을 다하는 거지."

이렇게 대답한 직원은 그 쪽지를 가장 가까이에 있는 의사에게 건넸습니다.

로저는 그것이 신기했지만, 곧 잊어버렸습니다. 검은 수염이 난 의사는 중요한 사람처럼 보였습니다. 의사가 "따라오세요." 하고 말하자 부부는 로저를 데리고 진찰실로 들어갔습니다. 그리고 의사가 진찰하는 모습을 걱정스럽게 바라보았지요.

우선 의사는 로저의 머리를 찬찬히 만져 보았습니다.

"두개골 골절은 없군요."

로저는 의사의 목에 걸려 있는 고무 튜브에 정신을 쏙 빼앗겼습니다. 의사가 바로 그 튜브의 양쪽 끝을 귓속에 넣고 다른쪽 끝을 자기 가슴에 올려놓자 참을 수가 없었습니다. 로저의 입에는 침이 가득 고였습니다.

"밥은 잘 먹나요?"

"아주 잘 먹어요. 사실은……."

조앤이 대답하는데 의사는 로저의 무릎을 빙빙 돌렸습니다.

"좋군요."

조앤은 가만히 있는 편이 낫겠다고 생각했습니다.

의사는 로저의 온몸을 검사했지만, 이상이 있는 부분은 한 군데도 발견하지 못했습니다.

"그렇다면 '설치류 환각'은 뭐지요?"

이번에는 밥이 설명했습니다.

"얘가 자꾸 자기가 시궁쥐였다고 합니다. 확신에 차서요."

의사가 로저에게 물었습니다.

"시궁쥐였다고? 그럼 언제 시궁쥐이길 그만둔 거니?"

"인간 아이가 되었을 때요."

"그렇구나. 그게 언제지?"

로저는 입술을 비틀었습니다. 도움을 구하려는 듯 밥을 쳐다보았지만 밥은 어떻게 도와줄 수가 없었습니다. 조앤도 마찬가지였고요.

결국 로저는 이렇게 말했습니다.

"몰라요."

"그러면 왜 시궁쥐이길 그만둔 거니?"

"몰라요."

"넌 네가 지금 뭔지 아니?"

"지금은 아이예요."

"맞다. 그렇다면 넌 계속 아이로 사는 거야. 알았니?"

"네."

로저는 심각하게 고개를 끄덕였습니다.

"이제 쥐 시늉은 해선 안 된다."

"네."

"너희……."

의사는 머뭇거렸습니다. 의사는 '너희 부모님'이라고 하려다가 조앤과 밥을 바라보고는 다시 말했습니다.

"너희 할머니, 할아버지를 걱정시키면 안 돼."

조앤은 조금 신경질적으로 자리에서 일어났습니다. 로저는 아주머니가 왜 그러는 줄 몰랐습니다. 밥은 조앤의 손을 잡으며 말했습니다.

"이 아이는 조금도 우릴 걱정시키지 않아요. 건강만 하다면 말이지요."

"이 아이는 아무런 문제가 없습니다. 아주 정상적이고 건강한 소년이지요."

"그러면 이 아이를 어떻게 해야 하지요?"

조앤의 물음에 의사가 답했습니다.

"물론, 학교에 보내야죠. 이제 전 바쁘니까 안녕히 가세요. 좋은 하루 되시고요."

회초리 진실의 일보

궁전 대수리!

왕가의 결혼을 축하하기 위해 궁전을 대폭 단장할 예정이다.

오래된 가구들은 치우고 먼지 쌓인 그림들은 처분한다고 한다. 유명 디자이너들의 새 가구가 궁전을 새롭고 밝고 현대적으로 바꿀 것이다.

이번 궁전 대수리는 매력적이고 젊은 금발의 디자이너, 소피 트렌디(23세)가 책임을 맡았다. 벽지에는 모두 손으로 직접 금칠을 할 것이라고 한다.

궁전 수리가 진행되는 동안 왕족들은 스플렌디피코 호텔에 머무를 예정이다.

예전 모습

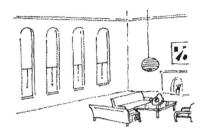

시원하게 바뀐 모습

회초리 논평

궁전 새 단장에는 돈이 든다.

그렇다면 그 돈은 어디서 나오는가. 바로 당신과 나의 세금이다.

왕족에 대한 변호

국가적 자존심을 가져라!

이 나라에는 최고 수준의 디자이너와 공예가들이 있으며 궁전 새 단장은 그들의 솜씨를 알릴 좋은 기회이다. 궁전에서 살 사람이 우리의 리처드 왕자와 아름다운 왕자비라는 사실을 잊지 말자.

그들을 고리타분한 박물관에 살게 할 참인가?

● 왕족들의 궁전 새 단장, 그 숨겨진 이야기!

학교

어디에서도 해결책을 찾지 못한 밥과 조앤은 아이를 데리고 다시 집으로 돌아왔습니다. 로저는 두 사람의 손을 잡고 걷는 일이 아주 좋았습니다. 그래서 마치 자기가 두 사람의 아이인 것처럼 이쪽저쪽 바라보면서 걸었습니다.

조앤이 화를 냈습니다.

"할머니, 할아버지라고!"

"뭐 그렇게 화를 내고 그래? 의사가 우리를 시궁쥐라고 생각하지 않은 것만 해도 다행이지."

"그런데 이제 이 아이는 어쩌죠?"

"글쎄, 어째야 할지. 하지만 또 하루를 밖에 나가서 묻기만 하다가 시간을 보낼 생각은 없다고. 오늘은 밤중까지 일을 해야 하는데, 정말 피곤하군."

로저는 이날 밤 침대 시트를 먹어 치우지 않았습니다. 다음 날 아침, 조앤은 침대의 나무 기둥이 물어뜯긴 것처럼 보인다고 생각했습니다. 로저의 베개 옆에는 젖은 나무 부스러기가 놓여 있었고요.

"착하구나."

조앤은 칭찬하며 죽을 끓이기 시작했습니다.

"아침을 먹고 나서 학교에 가자꾸나."

밥은 밀린 구두를 만들기 위해 집에 남았습니다.

밥이 조앤과 함께 집을 나서는 로저에게 일렀습니다.

"선생님 말씀 잘 듣고 선생님이 시키는 대로 하면 된단다. 그렇게 공부하는 거야."

학교는 아이들 냄새가 나는 커다란 건물이었습니다. 로저는 금방 학교가 좋아졌습니다. 여자아이들과 남자아이들은 건물 앞에서 뛰어다니며 공을 던지고 서로 싸우기도 하며 소리를 질렀습니다. 로저는 이런 곳이라면 하루를 보내기에 아주 좋겠다고 생각했습니다.

교장 선생님은 로저의 손을 잡고 책상 앞에 서 있는 조앤에게 수상하다는 듯 물었습니다.

"그렇다면 실제적으로는 이 아이와 아무런 친족 관계가 아니시란 말씀인가요?"

"네. 하지만 저희가 이 아이를 돌보고 있고, 의사 선생님께서 이 아이를 학교에 데려가야 한다고 말씀하셔서요."

"알겠습니다. 그럼 로저, 넌 몇 살이냐?"

"3주요."

"장난치지 말고. 이런 식으로 시작하는 건 안 된다. 네가 태어난 지 3주 되었다면 넌 아직도 아기여야 해. 몇 살이지? 이번에는 제대로 대답하여라."

로저는 불편한 듯 꿈지럭거리며 조앤을 바라보았습니다.

조앤이 대답했습니다.

"잘 모르는 것 같아요. 이 아이는 불쌍하게도 기억 상실증이 좀 있는 것 같아요. 그런 질문엔 대답을 잘 못해요."

교장 선생님이 말했습니다.

"한 아홉 살쯤으로 보이는군요. 크리빈스 선생님 반으로 가면 되겠어요. 크리빈스 선생님이라면 허튼짓은 용납하지 않으니까."

종이 울리자 뛰어다니며 소리를 지르고 싸우던 아이들이 모두 하던 행동을 멈추고 건물 안으로 들어왔습니다. 로저는 재미있는 일이 중단되자 실망스러웠지만, 선생님이 앉으라는 곳에 앉았습니다. 콧물을 흘리는 남자아이 옆 자리였습니다.

크리빈스 선생님이 말했습니다.

"자, 모두 연필을 꺼내세요. 수학 공부를 할 거니까요."

로저는 연필을 가지고 있지 않았습니다. 혹시 이미 먹어 버렸을지도 모르죠. 로저는 다른 아이들이 연필을 꺼내는 것을 바라보았습니다. 그리고 새로운 단어를 머릿속으로 외웠습니다. '수학 공부'란 '간식'을 말하는 것이구나 하고.

하지만 너무나 놀랍게도 아이들은 맛있는 연필 끝을 종이에 대고 선을 그었습니다. 연필로 그런 일을 할 수 있으리라고는 꿈에도 생각하지 못한 로저는 너무나 놀랍고 즐거워서 큰 소리로 웃었습니다.

크리빈스 선생님이 쏘아붙였습니다.

"뭐가 그렇게 우습지? 뭐가 그렇게 재미있냐고, 엉?"

로저는 새로 발견한 사실을 알려 주려고 열심히 말했습니다.

"아이들이 최선으로 선을 그리고 있어요!"

"넌 지금 내 참을성을 시험하려고 최선을 다하고 있구나! 넌 연필이 없니?"

"네, 없어요."

크리빈스 선생님은 아무런 준비 없이 학교에 오는 학생이 있다는 것을 믿을 수가 없어서 로저가 대들고 있다고 생각했지요.

그래서 화를 냈습니다.

"구석에 가서 서 있어!"

로저는 신이 나서 구석으로 갔습니다. 그 자리에서는 아이들을 바라보고 웃을 수도 있었으니까요. 하지만 선생님은 로저에게 벽을 바라보고 서 있으라고 했고, 그건 별로 재미있지 않았습니다. 그때 콧물을 흘리는 남자아이가 주머니에서 고무 밴드를 찾아내 로저의 목을 향해 세게 발사했습니다.

등을 돌리고 있던 크리빈스 선생님은 로저가 소리를 지르며 펄쩍 뛰며 목을 문지르자 또 장난을 친다고 생각했습니다.

"경고하지만, 한 번만 더 말썽을 피우면 우리 우두머리 선생님 방으로 바로 데려가겠다."

다른 아이들은 이 광경을 즐겼습니다. 그래서 선생님이 등을 돌리자마자 또 다른 아이가 로저에게 고무 밴드를 쏘았습니다. 로저는 또 소리를 지르며 몸을 돌리다가 크리빈스 선생님이 손을 쳐들고 자기에게 달려드는 것을 보았습니다.

크리빈스 선생님이 로저를 때리려고 했는지는 알 수 없습니다. 왜냐하면 로저 가까이에도 오지 못했으니까요. 위협을 느낀 로저가 펄쩍 뛰어 선생님의 손을 물었기 때문입니다.

로저는 선생님의 손가락을 물고 세게 흔들었습니다. 크리빈스 선생님은 비명을 지르며 다른 한 손으로 로저를 때렸습니다. 교실의 모든 아이가 열광하는 가운데 선생님과 로저는 발버둥을 치며 앞뒤로 왔다 갔다

했지요. 선생님이 발버둥을 치면 칠수록 겁먹은 로저가 선생님의 손가락을 더욱 세게 물었기 때문에 선생님은 결국 때리는 것을 멈출 수밖에 없었습니다. 로저는 눈을 굴리고 몸을 떨면서 몸을 벽에 붙이고 있었고, 웃는 사람은 아무도 없었습니다.

크리빈스 선생님이 말했습니다.

"좋아, 이제 다 끝이다."

그때 문이 열리며 교장 선생님이 들어왔습니다.

"이게 웬 소란이지요?"

크리빈스 선생님은 손을 쳐들고 말했습니다.

"보세요! 이 아이 짓이에요! 피가 난다고요. 피가 나요!"

사실 피를 한 방울 짜내기 위해 크리빈스 선생님은 손가락을 아주 세게 비틀어야 했지만, 어쨌든 피는 진짜 피였습니다.

교실 안의 모든 눈이 휘둥그레져 크리빈스 선생님과 교장 선생님과 로저를 바라보았습니다.

교장 선생님은 점점 더 커지는 것 같았고 로저는 점점 더 옴츠러드는 것 같았습니다.

교장 선생님이 위협적인 목소리로 말했습니다.

"따라오너라."

학교에 다니는 아이라면 모두 그 목소리를 알고 있었습니다. 그것은 교장 선생님이 회초리를 들겠다는 신호였지요. 교장 선생님은 회초리로 아이들을 자주 때리지는 않았지만, 한번 회초리를 들었다 하면 아주 무서웠습니다. 그럴 때면 교실은 순식간에 침묵에 휩싸였고 모두들 메스꺼움을 느꼈습니다. 아무도 무시무시한 곳으로 끌려가는 희생자를 감히 보거나, 훌쩍이며 절뚝거리고 들어오는 희생자에게 말을 걸려고 하지 않았습니다. 그리고 모두들 하루나 이틀쯤 의기소침하게 지냈지요.

로저는 지금 바로 그 회초리를 맞으러 가는 것이었습니다. 모두들 그 사실을 알고 있었습니다. 로저만 빼고요.

로저는 교장 선생님이 자신을 겁먹게 한 잔인한 여자로부터 구해 주는 것이라고 생각했기 때문에 교장 선생님에게 웃어 보이고 말했습니다.

"저걸로 종이 위에 선을 그릴 수 있다고요. 처음에는 저 물건의 이름이 최선인 줄 알았지만 다른 이름도 있는 것 같아요. 선을 그릴 수 있다는 건 상상도 못했어요."

아이들은 모두 입을 쩍 벌렸습니다. 이 전학생은 이런 순간에 어떻게 교장 선생님한테 태평스럽고 아무렇지도 않게 말을 걸 수 있을까요? 이 장면은 아이들이 본 것 중 가장 건방진 장면이었습니다. 몇몇은 크나큰 충격을 받았고, 다른 몇몇은 이렇게 해서 로저가 덤으로 번 매를 생각하면서 재미있어했고, 또 다른 몇몇은 로저를 존경하기 시작했습니다.

"이리 와!"

교장 선생님의 말에 로저는 따라갔습니다.

침묵이 교실 전체를 덮었습니다. 크리빈스 선생님은 물로 손을 씻고 손수건으로 닦더니 핸드백에서 반창고를 꺼내 물린 자리에 조심스럽게 붙였습니다. 아이들은 아무 소리도 내지 않고 그 장면을 엄숙하게 바라보았습니다.

선생님이 아이들한테 이제 공부나 하라고 말하려는 순간 복도에서 커다란 비명 소리가 들려왔습니다.

그런 비명 소리는 정말이지 한 번도 들은 적이 없었습니다. 교장 선생님에게 가서 매를 맞을 때면 아이들은 소리를 내지 않으려고 최대한 노력했고, 어떤 아이들은 움찔하지도 않아 다른 아이들의 존경을 받았기 때문이지요. 가장 아기 같은 아이조차도 로저가 소리 지른 것처럼 그렇게 미친 듯이 오랫동안 비명을 지르지는 않았습니다. 비명 소리는 모두의 머릿속을 뚫고 들어와 두개골 안을 빙빙 돌며 긁어 대는 것 같았습니다. 어떤 아이들은 손으로 귀를 막았습니다.

귀를 막지 않은 아이들의 귀에는 또 다른 소리가 들려왔습니다. 화난 교장 선생님의 목소리가 커지는 것과 쿵쾅거리는 소리, 문이 쾅 닫히는 소리, 복도를 뛰어가는 발소리 등이었습니다. 정말 최고로 짜릿한 수학 시간이었지요.

한 여자애가 학교 마당을 가리키며 소리쳤습니다.

"봐! 쟤 도망가!"

로저는 학교 정문을 향해 뛰었고 얼굴이 벌게진 교장 선생님이 그 뒤를 쫓았습니다. 크리빈스 선생님이 앉으라고 소리 질렀지만 아이들은 모두 창가로 몰려 나가 구경했습니다. 아이들은 로저가 발버둥을 치며 몸싸움을 하고 물어뜯는 걸 보며 깡충깡충 뛰고 박수를 치며 웃었습니다. 마침내 로저는 교장 선생님의 손아귀에서 벗어나 도망치는 데 성공했지요.

로저는 순식간에 학교 정문 위로 기어 올라가 담을 넘어 길모퉁이로 사라졌습니다.

탈출구는 없다

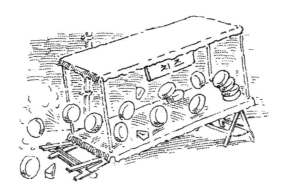

로저는 공포에 질린 채 큰길과 골목을 지나 시장에 다다를
때까지 계속 뛰었습니다. 시장에서도 가판대 사이를 이쪽저쪽
바라보며 눈물을 삼키며 온몸을 떨며 흐느끼며 계속 달렸지요.
로저의 얼굴은 눈물과 콧물로 온통 범벅이 되었습니다.

마침내 로저는 치즈 가판대에 다다라, 온몸을 움츠린 뒤 기
어서 가판대 밑으로 들어가 홈통을 찾았습니다. 하지만 로저는

무언가 크게 착각하고 있었습니다. 로저의 몸은 로저가 생각한 것보다 훨씬 컸던 것입니다. 그리고 무슨 일이 일어나는지 알아채기도 전, 로저는 가판대 지지대 하나를 넘어뜨리고 말았습니다.

지지대 위에 올려놓았던 판이 떨어졌습니다. 치즈들이 데굴데굴 구르고 미끄러져 떨어지면서 이쪽저쪽 사방으로 튕겨 나갔습니다. 그 순간, 근처의 모든 개가 마치 시장에서 공짜 치즈라도 나눠 준다는 말을 들은 것처럼 순식간에 사납게 짖어 대며 엎어진 가판대 주위로 몰려들었습니다. 개를 무서워하는 로저는 개들이 몰려오자 비명을 지르며 몸을 쪼그리고 모퉁이에 붙어 있었습니다. 모퉁이는 사실 눈에 아주 잘 띄는 곳이었습니다.

5분 뒤, 로저는 다시 경찰서에 있었습니다.

경관이 체포 사실을 알리자 경사가 물었습니다.

"누구? 심부름꾼 옷을 입은 아이라고? 어디 좀 볼까."

로저는 귀퉁이에 쪼그리고 앉아 있다가 경사가 감방 문을 열자 기뻐하며 밖으로 뛰어나가려고 했습니다. 그러자 경사가 로저를 꽉 붙잡았지요.

"넌 줄 알았다. 이 타고난 말썽쟁이야. '시장'이랑 '치즈'라는 말을 듣자마자 나는 딱 너인 줄 알았다고. 너희 집 주소를 적어 놓아서 다행이다. 네 아저씨와 아주머니가 와서 보석금을 내고 널 빼내 가면서 뭐라고 하는지나 보자."

불려 온 밥은 전혀 기뻐하지 않았습니다.

밥은 책상 너머에 서서 말했습니다.

"뭐라고요, 경사님? 저 아이가 무슨 짓을 했다고요? 저희가 아이를 마지막으로 보았을 때, 아이는 학교에 있었는데요."

경사는 의기양양해서 대답했습니다.

"아하, 하지만 지금은 학교에 있지 않죠. 게다가 당신네 아이는 정말 말썽쟁이예요. 기물 파손죄는 범죄란 말이오. 아까는 폭동이 일어날 뻔했다고. 아이를 꺼내 오시오, 경관."

"폭동이라고요? 어떻게 이렇게 작은 아이가 혼자서 폭동을 일으킨단 말씀입니까?"

경관은 로저를 꼭 잡고 밖으로 나왔습니다. 아이는 밥을 보자마자 안도하는 웃음을 지었습니다.

"아, 무서웠어요. 너무 무서워서 그런 거예요. 우두머리가 때리지만 않았으면 무섭지 않았을 거예요."

밥이 물었습니다.

"뭐라고? 우두머리가 때렸다고? 왜?"

"몰라요. 이상해요. 크리빈스 선생님이 우두머리라고 해서 나는 그 사람이 그냥 머리만 있는 줄 알았어요. 하지만 그렇지 않았어요. 머리라고 하기에 그냥 머리만 있거나 머리가 책상 위에 놓여 있거나 무슨 받침대 위에 놓여 있을 줄 알았거든요. 그래서 도대체 뭔가 하고 보려고 했는데, 우두머리는 몸통도 팔도 다리도 다 있었어요. 하지만 그 우두머리가 뭘 할지는 짐작도 못했어요. 우두머리가 나보고 몸을 굽히라고 해서 나는 아이들이 운동장에서 하는 것처럼 뜀틀 놀이를 하는 줄 알았는데 갑자기 휘익 소리가! 막대기로 내 꼬리를 내리쳤어요! 너무너무 아팠어요. 그 사람이 다시는 아이들을 때리지 못하게 차라리 정말 머리만 있는 사람이었으면 좋겠어요. 그래서 도망을 치다 치즈 파는 데까지 온 거예요. 그다음에 사람들이 나를 잡아다가 여기에 넣었어요. 이제 가도 돼요?"

"경사님, 이것은 범죄가 아닙니다. 이 아이가 뭐가 뭔지 몰라서 그렇습니다. 경찰력을 이런 불쌍한 아이의 조그마한 사고에다 동원하시려는 건 아니시겠지요?"

"그럼 제 가판대는 누가 보상하죠? 그리고 치즈는요! 누가 치즈값을 내는 거죠?"

막 도착한 치즈 장수가 말했습니다.

밥의 마음은 무겁게 가라앉았습니다.

"우리가 내야 할 것 같군요. 셈을 해서 보내 주십시오. 제가 돈이 많은 사람은 아니라는 걸 알아주셨으면 합니다."

경관이 물었습니다.

"경사님, 이 아이가 그 쥐라는 아이입니까?"

로저가 열심히 설명했습니다.

"네, 전 꼬리도 있어요. 난 좋은 쥐예요."

경사가 엄하게 말했습니다.

"조용히 해! 쥐라면 인간 사회에는 들어올 수 없어. 쥐는 박멸되어야 해."

로저는 박멸이 뭔지 알 수 없었습니다. 하지만 이 단어의 느낌은 좋지 않았지요. 로저는 밥에게 꼭 붙어서 아무 말도 하지 않았습니다.

결국 밥이 배상을 하고 로저는 앞으로 행동을 조심하기로 한 뒤 풀려 나왔습니다.

경사가 말했습니다.

"널 여기서 다시 한번 만난다면, 그때는 용서 없어. 잊지 말라고."

회초리 ^{진실외} 일보

훌륭한 여섯 장관

학교의 체벌 규제 논의에 대해 여섯 장관이 반대하고 나섰다. 버나드 야만 장관은 "지금의 나를 만든 건 매이다."라고 말하면서 "요즘 아이들은 점점 더 통제 불능이 되어 가고 있다. 아이들은 더 혹독하게 매로 다스려야 한다."고 주장했다.

버나드 야만 장관. 자신의 신념을 몸소 보여 주고 있다.

어떤 선생님들은 이해와 따뜻한 마음을 공유하는, 우리가 이루어야 하는 사회에서는 체벌이 근절되어야 한다고 주장한다.

한 선생님이 어제 말했다.

"체벌은 중세의 유물입니다. 행실을 바로잡기 위해 더는 고문에 의존해서는 안 됩니다."

하지만 다른 선생님들은 이에 반대한다. 성 로렌스 초등학교 조지 하켓 교장 선생님의 말이다.

"지금 학교에는 너무나 폭력적인 학생들도 있습니다. 우리가 회초리를 거둔다면, 선생님들은 최소한의 자기방어 수단마저 잃게 될지도 모릅니다."

회초리 논평

매질은 계속되어야 한다!

소위 전문가라고 부르는 사람들의 '체벌이 잔인하다'는 의견은 아무짝에도 쓸모가 없다.

살짝 한 대 얻어맞는 것이 아이들에게 무슨 해악을 끼친단 말인가.

요즈음 학교에는 말썽쟁이들과 다른 아이들을 괴롭히는 학생이 많은데 이들을 통제하기 위해서는 매가 꼭 필요하다.

여섯 장관의 의견을 지지하자!

10면에 우리 독자들에 대한 설문 조사 결과가 나와 있다.

흥미롭고도 신기한 사건

화창한 일요일 아침이었습니다. 왕립 철학자는 낮잠을 자고 있었지요.

이 시간대는 대개 왕이 왕립 철학자를 불러 커피에 비스킷을 곁들여 먹으며 토론을 즐기는 때였습니다. 이를테면, 왜 토스트는 떨어질 때 꼭 버터가 발린 쪽이 바닥에 닿는지, 파리가 천장에 앉기 전 왜 먼저 동그라미를 그리며 나는지와 같은 주제였지요. 하지만 결혼식 준비 때문에 궁전을 대대적으로 수리하는 탓에 왕족이 모두 스플렌디피코 호텔에 머물고 있어서 철학자도 잠시 한가한 시간을 보내고 있었습니다.

점심 먹으라고 철학자를 깨운 하인은 로저를 체포한 경관의 사촌으로, 신기한 것을 좋아하는 철학자에게 로저에 관한 얘기를 모두 해 주었습니다.

"자기가 시궁쥐였다고 말했다고?"

"네, 자기가 옛날에 시궁쥐였다고 말입니다. 아주 확신에 차서요. 제 사촌은 그 얘기를 듣자 온몸에 소름이 돋았다고 했습니다. 쥐를 싫어하거든요."

왕립 철학자는 경찰의 이름을 적어 두고는 점심을 먹은 뒤 경찰서에 그 사건에 대해 물어보러 갔습니다. 경사는 '왕립' 철학자라고 쓰인 철학자의 명함을 보고 깊은 인상을 받았지요.

경사가 말했습니다.

"이제 철학자라는 말만 들어도 궁전에 계신 분이라는 걸 알겠습니다. 그럼 혹시 왕자의 약혼녀는 만나 보셨는지요? 어떤 여자예요? 사진에 나온 것처럼 정말 그렇게 예쁩니까?"

왕립 철학자가 말했습니다.

"그, 자기가 쥐라고 말하는 소년 말이오, 혹시 주소를 가지고 있소?"

"쥐라는 게 아니었어요. 소년은 자기가 쥐였지만 지금은 아니라고 했습니다. 네, 물론 저희 서류철에 다 들어 있지요."

경사는 밥네 집 주소를 불러 주었습니다.

"하지만 제가 경고컨대, 쥐건 아니건 간에 그 아이는 질이 아주 좋지 않아요. 분명 끝이 좋지 않을 거예요."

왕립 철학자가 말했습니다.

"감사드립니다. 좋은 하루 되시길."

밥은 구두 가게에서 실에 왁스를 칠하고 있다가 손님에게 인사를 했습니다.

"안녕하세요? 뭐가 필요하신가요?"

"당신이 밥 존스 씨이신가요? 로저라는 아이의 후견인 맞습니까?"

밥은 놀랐습니다. 잠시 뒤 조심스럽게 물었습니다.

"이번에는 무슨 일을 저질렀나요?"

"그 아이를 좀 만나 보고 싶습니다. 집에 있나요?"

"세탁실에서 제 아내를 돕고 있습니다. 잘 보고 있지 않으면 비누를 먹어 버려요. 그런데 선생님은 누구십니까?"

"제가 아이를 보고 싶어 하는 것은 순수하게 철학적인 관심 때문입니다. 제가 아이를 좀 봐도 될까요?"

"글쎄, 뭐 안 된다고 할 이유는 없지만……. 따라오십시오."

밥은 왕립 철학자를 뜨거운 김이 가득한 세탁실로 안내했습니다. 조앤은 이불 호청이 들어 있는 뜨거운 물통을 큰 막대로 젓고 있었고 로저는 베갯잇을 주름 펴는 기계에 집어넣고는 물을 빼고 있었습니다. 가끔 그 물의 맛을 보면서 말입니다.

왕립 철학자가 물었습니다.

"존스 부인? 그리고 네가 로저니?"

조앤은 손을 말리고는 로저를 자기 옆으로 불렀습니다. 로저
는 까만 눈을 커다랗게 뜨고 철학자를 올려다보았습니다.

조앤이 물었습니다.

"빨랫거리가 있으신가요?"

"아니요, 제 빨래는 궁전의 빨래 아주머니가 다 해 주십니다.
저는 당신 댁의…… 젊은이, 로저와 잠시 이야기를 나누고 싶
습니다."

조앤이 걱정스럽게 물었습니다.

"무슨 문제가 있는 건 아니겠지요?"

"아닙니다, 아니에요. 단지 철학적인 조사일 뿐입니다."

"그렇다면 응접실로 가셔서 이야기하시면 되겠네요……."

조앤은 두 사람을 가구 왁스 냄새가 나는 작은 방으로 안내
했습니다.

"그럼 이야기 나누세요. 전 빨래가 아주 많거든요. 로저, 이
신사분의 질문에 예의 바르게 대답해야 한다. 뭘 씹거나 하면
안 돼."

조앤이 방을 나가자 왕립 철학자는 의자에 앉아 로저를 바라
보았습니다. 제복을 입은, 여덟 살이나 아홉 살쯤 된 작은 아
이를요.

철학자는 질문을 시작했습니다.

"로저, 넌 왜 심부름꾼 제복을 입고 있니?"

"몰라요. 잊어버린 것 같은데 그것도 확실치 않아요. 내가 잊어버린 건지 아닌 건지 기억한다면, 잊어버리기 전에 알고 있던 사실은 알 텐데 그것도 잊어버렸어요."

인식론에 대해 잘 알고 있는 철학자는 로저의 이 말을 이해하는 데 전혀 어려움이 없었습니다.

"그렇구나. 내가 너를 좀 제대로 조사해도 될까?"

그리고 덧붙였습니다.

"아프지는 않을 거야."

"네, 그러세요."

철학자는 이 사건에 대해 자기가 쓸 책에 대해 생각했습니다. 얼마나 놀라운 발견인가요! 지금까지 늑대가 기른 아이들은 있었습니다. 하지만 쥐가 기른 아이에 대한 연구는 아직 없습니다. 자신은 분명 유명해질 겁니다!

철학자는 손을 비비며, 전등갓의 술을 잘근잘근 씹는 로저를 내버려두고 밥과 이야기하러 다시 나왔습니다.

"아이를 데려가신다고요?"

밥은 눈살을 찌푸렸습니다.

"잠시 조사를 하려는 것뿐입니다. 몸무게도 재어 보고, 키도 재어 보고, 그런 것들 말입니다. 쥐들 사이에서 인간의 아이가 어떤 영향을 받았나 조사하는 것이지요. 이것은 철학적으로 아주 중요한 문제입니다."

"하지만 아이가 쥐들이랑 같이 있었을 때는 인간의 아이가 아니었습니다. 지금은 인간 아이고요."

왕립 철학자는 보통 사람들이 얼마나 단순 무지한지 생각하며 말했습니다.

"물론, 그렇지요. 저 아이가 쥐는 아니었겠지요."

밥이 말했어요.

"정 그러시다면 오늘 저녁까지는 아이를 다시 데려오셔야 합니다. 그리고 절대로 어떤 해도 끼치면 안 됩니다. 우리가 아이에 대해 법적으로 어떤 책임이 있는지는 모르지만 아이는 우리 집에 걸어 들어와 문을 두드렸지요. 저희에게는 그 사실만으로 충분합니다. 뭘 잘 씹기는 하지만, 아주 귀여운 아이입니다. 잘 돌봐 주셔야 합니다."

"걱정하실 것 없습니다."

그사이 로저는 전등갓에 달린 술을 한 개만 빼고 다 먹어 치웠습니다. 밥은 한숨을 쉬고 하나 남은 술을 떼어 내어 아이의 손에 놓아 주었습니다.

"네가 이걸 어떻게 소화시키는지 모르겠다. 정말이지 말이다."

로저가 말했습니다.

"나도 몰라요."

"이제 이분을 따라가서 시키는 대로 해라. 알았니? 그러면 이분이 다시 너를 저녁 먹기 전에 집에 데려다 주실 거다."

로저는 밥에게 머리 숙여 다녀오겠다고 인사를 하고는 왕립 철학자와 함께 신나게 걸어갔습니다.

철학적 조사

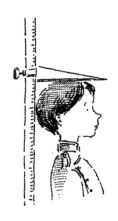

궁전의 계단에서 로저가 말했습니다.

"여기 와 본 적 있어요."

"정말이냐?"

"그럼요. 여기 난간을 타고 미끄러져 내려왔어요."

왕립 철학자는 생각했습니다.

― 현실과 환상을 구별하지 못함.

자신의 서재에 다다르자 철학자는 우선 로저의 몸무게를 잰 다음, 키를 쟀습니다. 그러고 나서는 로저의 가슴에서 나는 소리를 듣고, 이의 개수를 세었습니다. 그것으로 알게 된 것은 많지 않았지만, 철학자는 로저가 쥐와는 전혀 다른 완벽한 사람의 이를 가지고 있다는 사실은 알게 되었습니다. 꼬리를 찾아볼 필요도 없었습니다. 이 아이는 의심할 여지 없는 인간이 었습니다.

"그럼, 이제는 정신 감정을 하도록 하자. 둘 더하기 셋은 얼마지?"

로저는 전혀 모른다는 듯 되물었습니다.

"둘, 셋, 뭐라고요?"

"그러니까, 네가 어떤 물건을 두 개 가지고 있는데, 거기에 세 개를 더하면, 물건은 모두 몇 개가 되지?"

"그건 때에 따라 달라요. 물건이 아주 작은 거라면 다 합쳐도 얼마 안 되고요, 아주 큰 물건이라면 나를 수도 없어요."

"알았다. 그러면 넷을 반으로 나누면 얼마지?"

"치즈요. 체다 치즈요. 체다 치즈는 4고요, 5는 스틸턴이에요. 1은 랭커셔, 2는 웬슬리데일 치즈고요……."

철학자는 이 모든 것을 공책에 받아 적으며 말했습니다.

"이해할 수 없군."

로저는 철학자에게 설명하였습니다.

"그러니까 사람들이 가판대에 오면 4번 반 파운드만 주세요, 하거든요. 그럼 그건 체다 치즈예요. 아니면 5번 4분의 1파운 드만 주세요, 그럼 스틸턴 치즈예요. 난 스틸턴이 좋아요. 그 안에 벌레가 들어 있으니까요. 하지만 어떨 때 사람들은 반 파운드 주세요 하는 대신 그냥 반이라고만 말하기도 해요. 아까

반으로라고 하신 게 그거였죠? 정신을 바짝 차리고 들어야만
해요."

"그렇구나. 그럼 이번엔, 네가 언제부터 말을 배웠는지 설명
해 봐라."

"소년으로 바뀌었을 때부터요."

"하지만 넌 정말로 바뀐 건 아니잖니? 넌 쭉 사람이었어. 혹
시 너 자신은 네가 쥐라고 생각했을 수도 있겠지. 하지만 쥐
는……."

"내가 쥐였을 때는 그런 걸 생각해 본 적이 없어요! 나는 그
냥 쥐였어요! 그래서 나는 내가 쥐라고 생각한 적이 한 번도 없
었어요. 사람이 되기 전에는요. 이제 나는 내가 소년이라고 생
각해요. 하지만 그래서 헷갈려요. 신경질이 나지나 않았으면
좋겠어요."

"알았다."

왕립 철학자는 신경질적으로 대꾸했지요. 철학자는 아이들
을 만나 본 적이 별로 없는 데다가, 아이들은 모두 비이성적이
라고 생각했습니다. 하지만 이 아이는, 정말, 왕도 이 아이보
다는 이성적이라는 생각이 들 정도였습니다.

"진정해라. 이번에는 우리가 살고 있는 세계에 대해 질문을
몇 개 하마. 넌 수상의 이름을 아니?"

로저는 마치 철학자가 농담이라도 한다는 듯 웃었습니다. 그

리고 즐겁게 대답했습니다.

"아니요!"

"그럼 이 도시의 이름은?"

"그건 한 번도 몰랐어요. 그냥 도시가 있다고만 생각했어요. 마치 쥐처럼요."

"그럼 국왕의 이름은?"

"아, 그건 알아요. 헨리 왕이에요."

"그럼 왕비님의 이름은?"

"헨리가 아니에요. 마거릿 왕비예요."

"그럼 왕자님은?"

"왕자님은 헨리도 아니고 마거릿도 아니고 리처드예요."

"좋아, 넌 왕족의 이름은 다 아는구나. 잘했다."

"그리고 왕자님이 결혼할 아가씨의 이름도 알아요. 메리 제인이에요."

"메리 제인? 그건 틀렸다. 그분의 이름은 오릴리아란다."

로저는 의심하는 것처럼 보였습니다.

"그렇게 불릴지도 모르지요. 하지만 부엌에서는 메리 제인이라고 불렀어요. 내가 알아요."

왕립 철학자는 공책에 적었습니다.

― 유명인과 동일시하는 착각. 하층 계급에서 주로 발생.

소년의 비천한 출신에 대한 실마리 제공.

로저가 물었습니다.

"거기 쓴 게 무슨 뜻이에요?"

"난 필기를 하고 있단다. 이걸 보면 나중에 우리의 대화가 기억나거든."

"아하, 그렇다면 잘 잊으시나 봐요. 기억하는 법을 한 번만 배우면 그 뒤엔 그런 게 필요 없는데. 다 접어서 머리에 넣어 두면 되거든요. 자리를 많이 차지하지도 않아요."

로저는 말을 계속했습니다.

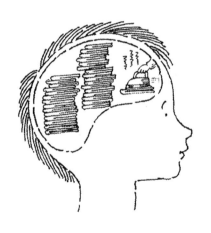

"납작하게 잘 펴서 접기만 하면요. 조앤 아줌마가 이불을 그렇게 하는 걸 보고 난 좋은 생각이라고 생각했어요. 접은 다음에 잘 다려서 머릿속에 쌓아 정리해요. 그러면 어디 있는지 알거든요."

"경이롭군!"

철학자는 이렇게 말하더니 적었습니다.

— 광기. 감각계와 지성계의 혼돈. 편집증 경향.

로저는 구석에 붙어 있는 벨을 바라보았습니다.

"죄송하지만요, 저기 저 줄 보이세요? 아래쪽에 늘어진 부분이 있어요. 누군가 저 위를 넘어가다가 다칠 수도 있어요. 그러니까 제가 저 줄의 끝을 조금만 물어서 다듬어 놓으면 안 될까요?"

로저는 덧붙였습니다.

"도움을 드리고 싶어서요."

"뭐…… 그렇게 하자. 안 될 게 뭐 있겠니?"

왕립 철학자는 말하고는 공책을 넘겨 적었습니다.

— 비정상적이고 비이성적인 식욕.

로저는 손톱만 한 실 끝을 조금 물어뜯다가 잘못해서 다른 긴 실밥을 더 터뜨렸다는 것을 알았습니다. 그래서 그것도 물어뜯어 버리기로 했습니다. 그 실밥 끝에는 아주 맛있는, 황금칠이 된 술에서 나온 부분이 들어 있어 결국 1분이 채 지나기도 전에 로저는 행복하게 벨을 당기는 줄을 다 먹어 버렸습니다. 로저가 실을 먹어 치우는 광경을 본 왕립 철학자는 먹을 것과 영양분으로 생각을 돌렸습니다. 그리고 쥐가 무얼 먹지 하고 생각하다, 그다음에는 논리적인 과정에 따라 그럼 쥐를 먹는 것은 무엇인지 생각했지요.

"아하! 여기서 잠깐만 기다려라. 아무 데도 가면 안 돼."

그리고는 서재를 나와 자기 방으로 가 자신의 고양이인 블루보틀을 안고 얼른 서재로 돌아왔습니다. 블루보틀은 철학적인 고양이가 아니었습니다. 게으르고 욕심이 많은 데다가 아주 바보 같은 고양이였지요. 아무런 생각이 없었기 때문에 주인이 자기를 번쩍 들어 다른 데로 데려가도 전혀 저항하지 않았습니다. 그래서 주인의 팔에 안겨 뒷발은 달랑거리고 앞발은 앞으로 내민 채 눈을 반쯤 감고 있었습니다. 서재에 들어올 때까지 말입니다.

로저는 고양이를 보자마자 비명을 지르며 펄쩍 뛰었습니다. 로저는 열린 창문으로 뛰어나가 꽃밭으로 떨어진 다음, 일어나자마자 마구 달렸습니다. 블루보틀은 자동으로 로저를 뒤쫓았습니다.

하지만 블루보틀은 게으른 고양이였기 때문에, 마당 맨 끝까지 달려야 한다는 사실을 깨닫자 달리기를 포기했습니다. 그리고 로저에 대해서는 까마득히 잊은 채 앉아서 몸단장을 시작했습니다. 왕립 철학자가 놀라서 창밖을 바라보는 동안 로저는 궁전의 대문으로 빠져나가고 있었습니다.

탭스크루 씨

그날, 시장에는 만물 박람회에서 온 사람이 있었습니다. 그 때 박람회는 바로 옆 도시에서 개최되었는데, 다른 박람회처럼 이 도시 저 도시로 옮겨 다녔지요. 이 남자는 박람회 때문이 아니라 로저네 마을에 대한 소문을 듣고 조사해 보려고 왔습니다. 그는 박람회에서 볼거리를 공연하는 사람으로 이름은 올리버 탭스크루였습니다.

그날 저녁 일찍 탭스크루 씨는 검은말주점의 바에 서 있었습니다. 손에 맥주잔을 들고 입에 두꺼운 시가를 문 채, 시장에서 장어 젤리를 파는 아저씨와 이야기를 나누었습니다.

"요즈음 아주 이상한 이야기를 들었는데 말이죠, 내가 제대로 들었는지 모르지만, 시궁쥐였다는 소년이 있다면서요? 그런 얘기 들어 보셨나요?"

장어 젤리 상인이 대답했습니다.

"시궁쥐라고? 쥐? 옛날에는 아주 많았지. 하지만 시장과 시의회가 아주 실력 좋은 해충 박멸 회사에 의뢰를 해서 지금은 완전히 사라졌어. 시궁쥐고, 그냥 쥐고, 바퀴벌레고, 벼룩이고, 이고, 모조리 말이야. 깡그리 없어졌지. 이제 아주 깨끗해. 어찌나 깨끗한지 가판대를 닦을 필요도 없지. 아이코, 고맙습니다. 한 잔 더 하지."

탭스크루 씨는 이 마을에 있는 동안 절대 장어 젤리를 먹지 않겠다고 결심했습니다.

옆에 있던 말을 파는 상인이 말했습니다.

"완전히 박멸된 건 아니야. 시궁쥐와 생쥐들, 그것들은 절대 없앨 수가 없어. 아주 교활하거든. 머리가 좋단 말이야. 쥐약을 놓으면 조금 먹어 보고 어떻게 소화해 낼지 알아낸단 말이지. 하수구에 아예 종이 다른 슈퍼 시궁쥐가 살고 있는 것 같아. 날카로운 이빨이 달린 아주 무시무시한 놈들 말이야. 이놈들은 인간을 증오한다고. 어쩌면 이제 쥐의 시대가 될지도 몰라. 내 말 새겨들으라고."

탭스크루 씨는 이야기를 들으며 주위에 더 많은 맥주를 돌렸습니다. 그리고 아무도 시궁쥐나 쥐였던 소년에 대해서는 전혀 모르지만, 쥐에 대한 끔찍한 얘기를 하면 모두 아주 좋아하며 듣는다는 사실을 눈치채고 만족스러워했습니다. 끔찍한 얘기는 돈벌이의 소재로는 아주 좋았지요. 탭스크루 씨는 맥주를 홀짝거리며 머릿속으로 계속 쥐에 대한 생각을 키워 갔습니다.

'슈퍼 시궁쥐, 쥐 소년, 쥐 인간들 전체가 등장하는 공연, 올리버 탭스크루의 쥐 인간 쇼! 아니야, 포스터에 그냥 올리버 탭스크루가 아니라 올리버 탭스크루 교수라고 쓰는 편이 더 멋지게 보일 거야. 가자마자 만들라고 해야지.'

그때 갑자기 누가 자기 어깨에 손을 얹는 것을 느꼈습니다. 돌아보니 말쑥하게 수염을 다듬은 키 작은 식료품상이었지요.

"실례지만, 당신이 물은 그 쥐 소년 말이오. 내가 방금 봤소."

"정말인가요! 그럼 그 아이를 안단 말이오? 어디에 있지요?"

"만약 내가 생각하는 애가 그 애가 맞다면, 우리 집 근처에 사는 사람들이 그 애를 돌봐 주고 있어요. 본다면 그 애를 쥐로 생각하진 못할 거요. 정말 사람이랑 똑같거든. 하지만 식성이 아주 이상해. 뭔가 아주 오싹하게 말이지. 정말이오."

"본 거 확실하죠?"

"그럼요. 이 골목을 쭉 내려가 저쪽으로 사라졌어요. 남의 눈을 피해서."

"감사합니다. 술 한잔 하시죠!"

탭스크루 씨는 식료품상의 손에 돈을 얼마간 쥐여 주고는 급히 그 골목을 내려갔습니다.

그곳은 시청의 구빈원과 살마군디 여관 사이에 있는 더러운 장소였습니다. 처음에 탭스크루 씨는 살아 있는 것은 아무것도 보지 못했습니다. 하지만 부드럽게 들리는 달가닥 소리를 듣고는 멈추어 서서 빈 종이 상자와 포도주 병과 진득진득한 야채 찌꺼기들이 쌓여 있는 무더기 뒤를 돌아보았습니다.

조그마한 아이가 엎어진 쓰레기통 옆에서 몸을 구부리고는 종이 상자에서 무언가 끈적이는 것을 꺼내고 있었습니다. 아이가 얼굴을 들자, 탭스크루 씨는 재빨리 움직이는 아이의 턱과 쓰레기통의 역한 냄새, 빛나는 검은 눈을 보고 아주 기뻐했습니다. 탭스크루 씨는 말을 걸었습니다.

"얘야, 혹시 네가 쥐였다는 아이가 맞니?"

"네, 하지만 지금은……."

"좋아! 아주 훌륭해!"

"쓰레기통을 엎을 생각은 아니었어요. 단지……."

"걱정 마라, 얘야. 나를 따라오면 돼!"

쓰레기통 속에 6일 동안이나 놓여 있던 연어 크림을 마지못해 놓아두고, 로저는 탭스크루 씨의 손을 잡고 그와 함께 갔습니다. 왜냐하면 로저는 말 잘 듣고 착하게 행동해야 한다고 생각했기 때문입니다.

로저는 어디로 갔을까?

로저가 집으로 돌아오지 않자, 밥과 조앤은 어찌할 바를 몰랐습니다. 왕립 철학자와 함께 있으니 잘 돌봐 줄 거라고 생각했지만, 다시 데려오겠다고 약속한 시간에 나타나지 않자 불안해졌습니다.

게다가 밥과 조앤은 아이를 한 번도 길러 본 적이 없어 어떤 일이 벌어질지, 아니 걱정을 해야 할지 말아야 할지도 혼란스러웠습니다. 실제로는 벌써부터 걱정을 하고 있었지요. 조금 이상하긴 했지만, 둘은 벌써 이 아이를 좋아하고 있었기 때문입니다.

이 정도로만 사정이 복잡한 것도 다행이었습니다. 아니면 더욱더 걱정을 하게 되었을 테니까요. 신경이 곤두선 조앤은 밥에게 쏘아붙이기까지 했는데, 평소에는 밥에게 절대 화를 내지 않았지요.

"도대체 그 바보 같은 구두는 뭐 하러 만드느라 시간 낭비예요? 그렇게 발이 작은 사람이 어딨다고. 가죽값만 아까워요."

밥은 진홍빛 구두에 마지막 바느질을 하고 있었습니다. 그리고 안경 위로 넘겨다보며 말했습니다.

"구두장이로서 순수하게 자기 솜씨를 발휘해 보는 이런 일도 못 한다면 너무 불쌍하잖아. 이 구두도 언젠가 쓰일 날이 있을지도 몰라. 너무 그러지 마."

밥은 화가 나지 않았습니다. 조앤이 걱정이 되어서 그러는 걸 알기 때문이지요. 낡은 뻐꾸기시계가 아홉 시를 치자, 밥은 구두를 치우고 안경을 벗어 놓으며 말했습니다.

"시간이 많이 늦었군. 더 이상 기다릴 수는 없어. 궁전에 가서 그 사람의 속셈이 뭔지 확인해야겠어."

"나도 같이 갈래요. 앉아서 기다리는 건 참을 수 없어요."

밥이 말했습니다.

"참으로 묘하군. 이 불 앞에서 32년이나 앉아 있었건만, 전에는 한 번도 기다리는 느낌 같은 건 몰랐는데."

둘은 외투를 입고 모자를 쓰고 궁전으로 가 장사꾼들이 드나드는 문으로 들어갔습니다. 병사 몇몇이 뜰에서 축구를 했고, 몇몇은 담배를 피웠으며, 초소에서 신문을 읽는 병사도 있었습니다. 하지만 아무도 뭐라고 하지 않았습니다. 안쪽에서 낄낄거리는 소리와 유리잔이 부딪치는 소리도 들려왔습니다.

"네에?"

문을 연 하녀가 말하며 딸꾹질을 했습니다. "에구머니!"

밥이 단호하게 말했습니다.

"우리는 아이를 데리러 왔습니다. 이제 잘 시간이니까요. 아이를 조사한다고 데려간 신사분도 지금쯤은 끝내셨을 겁니다."

하녀는 둘을 바깥에 남겨 둔 채 문을 닫고는 사라졌습니다. 밥과 조앤은 추위를 이기려고 손을 호호 불고 발을 동동 굴러야 했습니다. 하녀는 몇 분 뒤에 돌아왔습니다.

"프로서 박사님이 아이는 집으로 갔다는데요."

하녀는 이렇게 말하고 문을 닫으려고 했지만 밥이 얼른 발을 끼워 넣었습니다.

"아니, 안 왔습니다. 프로서 박사와 이야기를 좀 해야겠소."

하녀는 마지못해 문을 열었습니다. 하인들의 방에서는 파티가 벌어지고 있었는데, 하녀는 그곳을 재빨리 지나 왕립 철학자가 사는 곳으로 안내했습니다.

왕립 철학자가 문을 열었습니다.

"어이쿠, 어이쿠."

조앤이 물었습니다.

"우리 로저는 어디 있나요?"

"도망쳤어요. 집중을 못 하더군요. 창문을 넘어 달아나더니 집으로 뛰어갔어요."

밥이 말했습니다.

"이런, 집에는 안 왔습니다. 돌아오지 않았다고요."

다시 조앤이 물었습니다.

"우리 로저한테 어떻게 하신 거죠?"

"시험을 몇 개 했을 뿐이지요. 결과에 따르면 아이는 정신 착란을 일으키고 있는 것이 분명했소. 정신병적인 인격 장애에 편집증적인 환상에 유명인과 자신을 동일시하고 있었소. 지적 발달은 아주 더딘 편이었지. 한마디로 아이의 장래는 전혀 희망이 없소. 뭐, 하찮은 육체 노동 중에서 맞는 일을 찾을 수 있을지는 모르지만."

밥은 화가 치밀어 올랐습니다.

"당신이 신경 쓸 바 아니오. 게다가 우리가 아이를 시험해 보라고 당신에게 보낸 것이 아니오. 당신이 원한 일이었잖소. 우리 집에 와서 아이를 데려가 놓고선 이제 와서 아이를 잃어버렸다니. 아이를 데려오시오. 도대체 어떻게 할 셈이오?"

왕립 철학자는 영리하게 미소를 지으며 고개를 저었습니다.

"아하. 아니, 아니, 그런 건 아니지. 당신들은 의사소통에서 아주 기본적인 오해를 하고 있어요. 내가 아이를 잃어버렸다니, 그렇게 말한다면 바로 내가 이 사건에 책임이 있고 욕을 먹어야 한다고 암시하는 게 되잖소? 말을 그렇게 하면 안 되지. 사실, 아무것도 정확하지는 않고, 이 모든 것은 해석에 따라 그 의미가 달라지는 것이기 때문에……."

"무슨 말을 하는지 한마디도 모르겠군. 당신한테 확실히 말해 둘 것은, 이 모든 것에 구역질이 난다는 거요. 당신이 아이를 잃어버린 거고, 그걸로 끝이란 말이오. 도대체 아이가 언제쯤 나간 거요? 그쯤은 말해 줄 수 있겠지?"

왕립 철학자는 숨을 몰아쉬었습니다.

"세 시쯤."

밥은 몸을 돌려 걷기 시작했지만, 조앤은 아직 할 말이 남아 있었습니다.

"당신에게 아직 순수한 마음이 남아 있었을 때, 누군가 당신을 때려 줬어야 했는데. 너무 늦지만 않았으면 내가 직접이라도 할 텐데 말이에요."

조앤은 밥의 팔을 잡았습니다. 그리고 둘은 아무 말 없이 계단을 걸어 내려와 웃음소리가 흘러나오

는 하인들의 방을 지나 달밤에 축구를 하는 병사들을 지나 궁전 마당으로 나왔습니다.

차가운 하늘에 우뚝우뚝 솟은 서리 맞은 지붕들을 보며 밥이 물었습니다.

"이제 어디로 가지?"

"몰라요. 하지만 이렇게 포기할 수는 없잖아요, 밥?"

"바보 같긴. 아무리 오래 걸려도 우린 그 아이를 찾아내야 해. 단서만 있으면 돼. 하지만 어디서부터 찾아야 할지 정말 모르겠군."

사람들을 구역질 나게 해야 해

"바로 그거야! 탭스크루 교수의 기괴한 쥐 소년! 금세기 최고의 볼거리! 인간 괴물이 쓰레기를 삼키는 광경을 보러 오세요! 좋아, 쥐 소년을 최대한 사납게 그리는 거야. 문구는 다 받아 적었지? 그럼 이제 시작하라고!"

탭스크루 씨는 포스터 그리는 사람의 등을 치며 말했습니다.

"자, 마사, 옷은 어떻게 돼 가지? 어디 꼬리 좀 한번 보자. 안돼, 안 돼. 더 지저분하게 해야 한다고. 1.8미터는 되게 하고 그 위에 부스럼을 막 만들어 붙여. 생각해 보니, 얼굴에도 사마귀 같은 걸 좀 붙여야 해. 그리고 수염도!"

탭스크루 씨의 대형 마차 안에서 로저는 가죽 허리띠를 씹으면서 편안히 앉아 이 광경을 모두 보았습니다. 이 사람들은 로저가 뭘 먹건 아무 상관도 하지 않았습니다.

"거기, 론! 그 우리 좀 더 작게 만들어! 그래야 천막 안에 구경꾼도 더 들어오고, 쥐 소년도 더 크게 보일 거 아냐. 하수구처럼 생긴 것도 좀 만들어 봐. 쥐가 쪼그리고 들어갈 만한 커다란 둥근 파이프 같은 거 말이야. 바로 그거야. 집도 있나? 쥐들도 집을 짓나? 야, 너."

탭스크루 씨는 로저를 발로 툭 찼습니다.

"쥐도 집을 만드냐?"

로저가 대답했습니다.

"네, 따뜻하고 편안한 집이요."

이 아저씨의 질문은 철학자의 질문보다는 훨씬 쉬웠습니다.

"자, 들었지. 사자 길들이는 사람한테 오래된 뼈다귀 좀 받아와서 집에 넣어. 자, 이제 조명이야. 아주 오싹하게 보여야 해. 무슨 그림자 같은 데서 등장하는 거야. 구경꾼들 앞에 조명을 켜서 객석이 조용해지면 앞쪽으로 나와 으르렁거리도록 해. 그리고 말이지……"

탭스크루 씨는 갑자기 무슨 생각이 떠오르는 듯 천천히 물었습니다.

"저거한테 무슨 이름을 붙여야 할까?"

로저가 말했습니다.

"나는 이름이 있어요. 새 이름이라 익숙하지는 않지만요. 로저예요.”

“안 돼, 안 돼. 무서운 걸로 해야 해. 그러니까…… 그래, 쥐 소년 로라노는 어때. 어떨까?”

사마귀를 바느질해 붙이던 부인 마사가 말했습니다.

“어리석은 짓이에요. 이름이 있다면 사람들이 동정만 하게 돼. 그렇게 돼서는 안 되지. 사람들을 구역질 나게 해야 해.”

탭스크루 씨가 감탄했습니다.

“정말 당신은 똑똑해. 그래서 내가 당신과 결혼했다고. 정말 머리가 좋아! 그럼 그냥 쥐 소년으로 하자.”

“그리고 말도 하면 안 돼요. 으르렁거리며 이를 드러내기만 해야 해요. 너, 쥐 소년, 이리 와서 이것 좀 입어 봐.”

그들의 이야기를 듣고 있지 않았기 때문에 로저는 탭스크루 부인이 무슨 말을 했는지도 모르고 계속 가죽 허리띠를 씹었습니다.

탭스크루 부인이 말했습니다.

“한 대 쳐요, 올리. 버릇을 가르쳐야 해.”

탭스크루 씨는 몸을 아주 낮게 구부리고 말했습니다.

“자, 내 말을 잘 들어라. 안 그러면 후회하게 될 거다. 넌 이제 더 이상 로저가 아니야. 넌 쥐 소년이야. 알았어? 잊어버리면 안 돼. 이제 저 옷을 입어 봐.”

로저는 이상했지만, 시키는 대로 했습니다. 쥐 옷을 입고 꿈틀거리면서 바닥을 기어다니는 일은 재미있었습니다. 탭스크루 부인이 맘에 안 든다는 듯 바라보았습니다.

"조금 크군. 좀 줄여야겠어. 그리고 저 꼬리는 들고 휘저어야 해. 너, 쥐 소년, 뒤쪽을 흔들어서 꼬리를 움직여 봐."

로저는 시키는 대로 해 보았지만 꼬리는 바닥에 축 처질 뿐이었습니다. 탭스크루 부인이 고개를 저었습니다.

"연습을 좀 시켜야겠어. 관객 앞에 저렇게 나갈 순 없지. 게다가 쟨 너무 순해 보여. 어떻게 뭔가 바꾸어야 해."

회초리 일보

세기의 결혼식

리처드 왕자님과 오릴리아 양은 어제 장엄한 대성당에서 결혼식을 올렸다.

레이스와 새틴으로 만든 흰 웨딩드레스를 입은 신부는 너무나 아름다웠다.

"정말 요정 같아요!"

이 예식을 보기 위해 밤새도록 줄서서 기다린 군중들의 말이다.

왕자와 왕자비를 태운 마차가 미끄러져 나갈 때 수천에 달하는 사람이 깃발을 흔들고 환호하며, 그들의 행복을 기원했다.

영원한 사랑, 입맞춤으로 봉인되다.

회초리일보의 왕족 전문 기자 도로시 플렁켓의 말이다.

"두 사람이 진정으로 사랑하는 게 정말 눈에 보여요! 바람둥이 왕자님도 이번엔 진짜로 빠지신 거 같아요."

발코니에서의 입맞춤

궁전 밖에 모인 군중들은 왕자 부부가 국민들에게 인사를 하려고 나오자 또다시 환호했다.

오릴리아 왕자비가 몸을 돌려 왕자에게 길게 입맞춤을 하면서 모두의 마음을 사로잡은 것이다.

만약 당신이 결혼을 앞두고 있다면?

놓치지 마세요!

- 왕족의 웨딩드레스 복제품
- 스플렌디피코 호텔 2주 숙박권
- 당신의 꿈을 이뤄 주는 집 단장

본지 5면에 있습니다.

오래된 대구 한 무더기

경찰서에서 한 경험을 떠올리며 밥과 조앤은 경찰서에는 다시 가지 않기로 했습니다. 마찬가지로 로저 일로 이야기해 본 다른 관리들의 능력도 별로 믿음이 가지 않았습니다. 시장 광장을 지나 집으로 터덜터덜 돌아오면서 둘은 정말 이상하다는 생각이 들었습니다.

조앤이 말했습니다.

"로저가 정말 도망갔다고 생각해요? 그 아이는 우리 집을 자기 집으로 생각하는 것 같던데. 분명히 그랬어요."

바로 그때 검은말주점의 문이 열리더니 이웃인 찰리가 살짝 비틀거리며 걸어 나왔습니다. 바로 그 말쑥한 식료품상 말입니다.

찰리가 말을 걸었습니다.

"밥, 안녕하신가! 조앤 씨도! 아, 그 꼬마 애 말이야……. 아니, 팔이 어디로 갔지?"

그는 코트를 입으면서 비틀거렸습니다.

조앤이 얼른 코트의 팔을 찾아 주었습니다.

"무슨 말인데요? 꼬마 애가 뭐라고요?"

"아, 그 얘기를 하고 있었지. 오늘 술집에서 계속 쥐 얘기가 나왔어. 두꺼운 시가를 문 아주 약아 보이는 남자가 계속 쥐 얘기를 묻는 거야. 무슨 괴물이 있다나."

찰리는 마치 옆의 땅이 사라져 버리고 없는 듯이 조심스럽게 발을 디디며 덧붙였습니다.

밥이 물었습니다.

"무슨 소리야, 무슨 괴물이란 말이야?"

"반은 아이이고, 반은 쥐인 괴물이지."

조앤의 손이 밥의 팔을 꽉 잡았습니다. 찰리는 이번엔 자기 목도리 끝을 찾느라 애를 먹었습니다. 왜냐하면 목도리 끝이 코트 속으로 들어가 버렸기 때문이지요. 밥은 목도리를 빼내어 주었습니다.

"고마워."

찰리는 인사를 하면서 또 조금 비틀거렸습니다.

조앤이 물었습니다.

"그래서 꼬마가 어쨌다는 거죠?"

찰리는 손가락을 코에 대려고 하다 자기 눈을 찌를 뻔했습니다.

"아, 그 얘기를 하고 있었지. 그 스튜탭인가 플럼스크루인가 하는 남자는 쥐 괴물을 잡아다가 공연을 시키려고 한다는 거야. 에릭이 그랬어. 에릭은 전에도 그 남자를 봤대. 그때는 수조에 인어를 담아서 공연을 시켰다는 거야. 그래서 에릭이 돈을 내고 인어를 보러 갔는데, 글쎄 어쨌는 줄 알아? 에릭이 말하길, 맙소사, 이 얘기 좀 들어 봐. 위는 괜찮았는데, 아래에는 오래된 대구가 한 무더기 있었다는 거야! 맙소사! 어떻게 생각해? 어?"

찰리는 웃다가 거의 앞으로 고꾸라질 지경이었습니다. 그러다 가쁜 숨을 씩씩대며 소리쳤습니다.

"꼬리 대신에…… 오래된 대구 무더기!"

밥이 말했습니다.

"정말 재미있군. 아주 재미있는 이야기야. 그런데 그 남자 이름이 뭐라고?"

조앤이 발을 쾅 구르며 말했습니다.

"그리고 꼬마가 뭐라고요? 찰리 호스킨스, 당신 때문에 미치겠어요. 꼬마가 뭐라고요?"

식료품상이 말했습니다.

"내가 봤어. 그래서 그 남자한테 얘기해 줬지."

"뭐라고! 어디서요? 언제?"

"오늘 오후에. 저 골목 아래쪽에서. 그 남자 이름이 뭐라더라, 탑스튜…… 섬스크랩……. 기억이 안 나. 하여튼 그 사람이 그 꼬마를 찾고 있었다고. 그래서 어디로 갔는지 가르쳐 줬어. 아아, 머리가 아프군. 어이쿠, 기분이 좋지 않아……."

조앤이 말했습니다.

"글쎄, 잘됐군요. 그리고 아침엔 더욱더 좋지 않을 거예요."

"좋아…… 어이쿠…… 어이."

찰리는 밥의 소매를 붙잡으며 말했습니다.

"그 사람 이름이 곧 생각날 거야. 탭-스냅-스크루피시, 어이쿠, 잊어버렸다. 안 되겠어. 잘 가."

찰리를 집 앞까지 데려가 들여보내고 문을 닫은 뒤 밥은 조앤에게 말했습니다.

"자, 이제 시작이야."

세기의 볼거리

이틀 뒤, 멀리 떨어진 곳에서 성 매튜 박람회가 열렸습니다.
같은 박람회인데도 이 마을에서는 성 매튜의 날에 열리기 때문
에 이렇게 불렀지요. 마이클마스에서 서는 장에서는 마이클마
스 박람회라고 부르고, 5월제가 열리는 도시에서는 5월제 박
람회라고 했습니다. 가판대의 소유주들과 회전목마의 주인들,
유령 기차 주인과 운명의 벽 주인들은 어떤 마을에서 언제 박
람회가 열리는지 훤히 꿰고 있었습니다.

박람회를 쫓아다니는 무리는 밤늦게 이 마을에 도착해 등잔
불과 가로등에 의지해 가판대를 세우고 놀이기구들을 조립했습
니다. 구시가의 성벽 아래에 자리 잡은 가축 시장 자리였지요.

탭스크루 씨가 자기 천막을 다 완성했을 때는 이미 태양이

시장 한가운데로 떠올랐습니다.

탭스크루 씨가 말했습니다.

"아직은 아냐. 아직도 쓰레기와 더러운 잡동사니가 더 필요하다고. 아직 이 안은 그렇게 심해 보이지 않아. 진흙이랑 썩은 야채도 필요하고. 똥을 가져다 놓으면 좋겠지만 관객들이 뭐라고 할지도 모르니까. 완벽한 공연은 관객들의 생각보다는 앞서 나가야 하는데, 조금만 더 앞서 나가야 하는 거야. 너무 앞서 나가선 안 되지. 그러니까 똥은 안 돼."

마사가 말했습니다.

"나도 안 된다고 생각해요. 우리가 저걸 데리고 같이 살아야 하니까요. 아하, 저것한테 음식을 주는 데에 돈을 받으면 어떨까? 매시간 정시에 돈을 받고 저것에게 먹이를 주게 하는 거예요. 그렇게 하면 일석이조예요. 우리는 저것에게 음식을 줄 필요가 없고 돈도 벌 수 있으니까."

탭스크루 씨는 다정한 눈길로 부인을 바라보았습니다. 그리고 중얼거렸습니다.

"천재야."

"이제 광고문을 쓰세요. 무서운 말이란 말은 다 써야 해요. 당신이 잘하는 것처럼 말이죠."

한 시간도 채 흐르기 전에 모든 준비가 끝났습니다.

세기의 볼거리

탭스크루 교수가 여러분에게
세상에 단 한 마리밖에 없는

쥐 소년

을 공개합니다!
반은 설치류, 반은 인간,
하수구의 쓰레기 사이에서 발견된

끔찍한 괴물!

이제 여러분 앞에 그 비정상적이고 구역질 나는 식성으로

모든 것을

먹어 치우는 모습을 보여 드립니다!

먹이 주는 시간 : 매시 정각

 # 경고

**쥐 소년은 포악하고 사나워
가까이 접근하면 아주 위험합니다.**

기대하고 감탄하시라!
공포의 볼거리!

"멋져요!"

탭스크루 부인이 감탄했습니다.

곧 첫 구경꾼들이 도착했습니다. 어른과 아이 일곱 명이 작은 천막 안으로 들어와 회반죽이 너덜거리고 널빤지가 썩어 가는 우리 안을 들여다보았습니다. 바닥은 더러운 지푸라기와 양배추 심, 다 썩어 가는 야채로 뒤덮여 있었습니다.

여자아이가 말했습니다.

"으으!"

남자아이가 말했습니다.

"저거 봐! 나온다! 우웩!"

남자아이가 가리키는 쪽의 구멍에서 무언가 움직이는 것 같았습니다. 먼저 손이 나오더니, 바싹 마른 팔과 얼굴……

"으아악! 웩! 꺄악!"

로저는 흉터와 부스럼, 커다란 사마귀투성이로 보였습니다. 로저의 쥐 옷은 몸에 꼭 맞았지요. 로저는 기어 나오면서 연습한 대로 꼬리를 이리저리 휘저었습니다.

역겨움과 혐오의 함성이 로저를 맞았습니다. 로저는 기뻤습니다. 로저는 행복하게 웃으며 탭스크루 부인이 칠해 놓은 검은 이빨을 보여 주었습니다.

"야, 쥐 소년! 이거 먹어!"

누군가 소리치더니 썩은 감자를 던졌습니다.

로저는 그날 하루 종일 아무것도 먹지 못했습니다. 탭스크루 부부는 일부러 로저를 굶겼습니다. 로저는 나무를 갉고 지푸라기를 좀 삼키긴 했지만 거기에는 아무 영양가도 없었습니다. 그래서 로저는 바로 감자를 움켜쥐었습니다. 그러고 나서는 밥과 조앤이 가르쳐 준 것을 기억하고 말했습니다.

"고맙습니다."

구경꾼들은 눈을 크게 떴습니다. 그리고 로저를 자세히 뜯어보았습니다.

누군가가 말했습니다.

"그냥 애잖아?"

누군가도 말했습니다.

"쥐 옷을 입은 애야!"

세 번째 사람이 말했습니다.

"쥐 괴물이 아니야!"

모두들 실망하고 화가 나 돈을 돌려 달라고 요구했습니다.

바깥에서 다른 손님을 끌어오는 데 열중하던 탭스크루 씨가 황급히 들어왔습니다.

"조용히, 네에 알았습니다. 이해했습니다……. 물론 돌려 드리지요. 신사 숙녀 여러분, 그냥 목소리만 좀 낮춰 주십시오. 여기 탭스크루 부인이 돈을 돌려 드릴 겁니다. 조용히 좀 하세요, 이제……."

그리고 투덜거리고 중얼거리는 손님들을 모두 천막 밖으로 내보낸 뒤 썩은 감자를 먹고 있는 로저에게로 왔습니다.

탭스크루 씨는 몸을 구부리더니 로저를 때렸습니다. 얼마나 세게 때렸는지 손에 들고 있던 감자가 굴러 떨어졌고, 로저는 바닥에 나뒹굴었습니다.

"도대체 왜 그런 거야? 정신이 있는 거야, 없는 거야? 주둥아리 닥치고 있어, 이 바보야! 어떻게 시궁쥐가 '고맙습니다'라고 말할 수가 있지?"

로저는 머리가 마구 울렸습니다. 로저는 '주둥아리'라는 말을 알아듣지 못했습니다. 주둥아리가 쥐에게는 안 좋은 거라는 식으로 짐작했지만 이해할 수는 없었습니다. 하지만 한 가지는 확실히 알고 있었습니다.

로저는 일어나 앉으려고 기를 쓰며 말했습니다.

"나는 이제 시궁쥐가 아니에요. 나는 소년이에요. 밥 아저씨가 착한 아이들은 항상 '고맙습니다.'라고 말해야 한다고 가르쳐 주셨……."

"망할 놈의 밥, 망할 놈의 '고맙습니다'! 이 버러지 같은 놈아, 넌 내가 시키는 대로 해야 해! 내가 널 시궁창에서 구해 왔단 말이야. 내가 너한테 집과 직업을 줬는데, 너는 점잔 빼며 '고맙습니다' 해서 다 망쳐 놓겠단 말이지! 넌 '고맙습니다'라고 해서는 안 돼. 넌 이빨을 드러내고 으르렁거리면서 잡아채고 위협해야 해. 넌 쥐 소년이지 성가대 소년이 아니야!"

"아하."

로저는 머리가 아파 왔습니다.

"미리 알았더라면 그렇게 했을 거예요. 내가 소년이 되었으니 착해져야 하는 줄 알고 그렇게 한 거예요. 내가 시궁쥐였을 때는 착한 게 뭔지도 몰랐어요. 그럼 이제 난 좋은 쥐 소년이 될게요. 좀 어렵지만요."

"닥쳐, 이 멍청아! 이빨을 드러내고 으르렁거리면서 잡아채고 위협해야 한다는 것만 기억해. 아니면 내가 네 코를 뽑아 버릴 거야. 금방 다른 손님들이 들어올 거야. 무섭게 하고 역겹게 만들어. 알겠어?"

탭스크루 씨는 로저를 힘껏 걷어차고는 밖으로 나갔습니다.

로저는 목에서 무언가, 딸꾹질 같은 것이 밀려 올라오는 것 같았습니다. 탭스크루 씨가 싫어할까 봐 그 딸꾹질은 울음으로 바뀌지도 못하였습니다. 로저는 좋은 쥐 소년이 되고 싶었습니다. 그래서 큰 감자 조각을 집어 들고 물받이 통 속으로 기어 들어가 다음 손님을 기다렸습니다.

오후 내내, 그리고 밤중까지 로저는 으르렁거리고 잡아채고 위협했습니다. 사람들은 곰팡이 핀 빵과 닭 머리와 상한 돼지고기와 바나나 껍질과 감자 껍질과 썩은 생선을 던졌고, 로저가 그것을 먹을 때마다 혐오의 비명을 질러 댔습니다.

거위가 살찌는 계절

성 매튜 박람회는 80킬로미터쯤 떨어진 다른 도시로 가서 거위 박람회가 되었습니다. 1년 중 이맘때는 크리스마스에 잡아 먹으려고 거위를 살찌우는 시기이기 때문이지요. 가을은 깊어 가고, 밤은 더욱더 길고 어두워져 갔습니다.

탭스크루 씨는 이번엔 돈 좀 벌어 보겠다고 잔뜩 별렀습니다. 왜냐하면 여름밤에는 여러 놀이기구와 회전목마가 성황인 반면, 추운 가을밤에는 안에 들어와서 뭘 구경하는 걸 더 좋아 했거든요. 탭스크루 씨는 돈을 주고 사람을 시켜 표지판을 새로 그리게 했습니다. 거기에는 쥐 소년이 사악한 표정을 짓고 끔찍한 이빨에서 초록색 독을 뚝뚝 떨어뜨리고 있었습니다. 그리고 전단지도 새로 찍어 박람회가 열리기 전부터 마을들을 찾아 술집마다 전단지를 나누어 주었습니다.

　로저는 어떻게 해야 하는지를 알고는 금방 쥐 소년이 되는 법을 익혔습니다. 먹는 것은 상관하지 않았기 때문에 생선 대가리와 썩은 당근도 아무렇지 않게 넘겼습니다. 하지만 쥐 소년 노릇을 하는 것이 조금도 기쁘지 않았기 때문에, 로저는 생기가 하나도 없었습니다. 꼬리를 흔드는 것도 재미가 없었고 쥐 옷은 헐렁해지고 있었습니다.

　"저게 쓰레기를 안 먹네."

　탭스크루 부인은 욕을 하며 옷을 반 인치 줄여야겠다고 했습니다. 부부는 마차에 마주 앉아 있었습니다. 등잔불은 금색으로 빛났고 난로는 따뜻했고 주전자는 노래를 불렀습니다. 바깥에서는 비가 창문을 때렸고 가을바람이 울부짖었지요.

　"음, 그럼, 저거에게 음식을 좀 줘야 할까?"

　탭스크루 씨가 말을 했습니다. 시가에 불을 붙이고 사치스럽게 뻐끔거리면서 말입니다.

　시가에 불이 잘 붙자 탭스크루 씨가 덧붙였습니다.

　"저녁에는 수프 같은 걸 좀 줄까?"

　"바보 같은 소리 마요. 먹이 주는 시간이 얼마나 돈벌이가 좋은지 알잖아요. 수프 같은 제대로 된 음식을 먹였다간 다른 건 먹지 않을걸요. 내 생각엔 당신이 저걸 좀 때려야 할 것 같아요."

　"뭐, 그럴 수도 있지. 그런데 말이야……"

탭스크루 씨는 시가가 잘 타는지 보면서 말했습니다.

"저건 정신이 이상한 거 같아. 아무래도 아무것도 이해하지 못하는 것 같단 말이야."

이로 실을 끊으며 탭스크루 부인이 말했습니다.

"당신은 너무 물러 터졌어요. 저거에 정이 든 건가요? 당신은 그게 문제예요. 그 망할 인어처럼 좀 지나니까 관심이……."

탭스크루 씨가 급하게 말했습니다.

"아냐, 아냐. 당신 하라는 대로 다 할게. 저것도 저러다 자리를 잡겠지."

그 순간 로저는 사실 자리를 잡으려고 했습니다. 로저는 매일 우리 속의 홈통 안에서 몸을 웅크리고 잤습니다. 그 안은 바람이 들이쳐 추웠습니다. 탭스크루 부인이 쥐 옷을 꿰매고 있었기 때문에 추위를 막을 것이라곤 다 찢어진 심부름꾼 제복밖엔 없었습니다. 로저는 지푸라기를 그러모아 심한 바람을 대충 막고 누군가 던져 준 막대를 갉으면서 잠들기 전에 매일 밤 스스로에게 속삭이던 말을 속삭였습니다.

"밥과 조앤, 우유죽, 잠옷, 뒷간, 최선……."

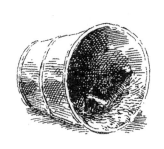

그리고 곧 잠이 들었습니다.

하지만 로저는 계속 잠을 잘 수는 없었습니다. 갑자기 뭔가 두드리는 소리가 나서 깼기 때문입니다. 소리는 짐마차의 나무 벽, 로저의 홈통 뒤에서 들려왔습니다. 로저는 몸을 돌려 귀를 벽에다 가져다 댔습니다. 소리는 똑똑똑, 그리고 잠시 멈췄다가, 똑똑똑, 이렇게 났지요.

그러더니 널빤지 틈으로 속삭이는 소리가 들려왔습니다.

"쉿! 쥐 소년아!"

로저는 완전히 잠이 깼습니다.

"네?"

로저도 귓속말로 대답했습니다.

목소리가 말했습니다.

"들어 봐. 탈출할 수 있게 내가 도와줄게. 내가 이 널빤지를 들어 줄 테니까 기어서 나와 봐."

"오! 탭스크루 씨도 이 사실을 아시나요?"

"아니. 그리고 모르는 편이 나을걸. 그럼 이제부터는 조용히 해, 쥐 소년아. 자!"

갑자기 삐걱 하고 나무가 꺾이는 소리가 나더니, 널빤지 구멍에서 찬 바람이 확 불어왔습니다. 깜짝 놀란 로저는 구멍을 통해 밖을 내다보았습니다. 바깥에는 바람이 많이 불 때 쓰는 등불을 든 자기보다 조금 큰 소년이 있었습니다. 소년의 머리카락 색은 아주 연했는데 머리카락이 이마로 커튼처럼 쏟아져 내려와 있었지요. 로저는 이 소년이 금방 좋아졌습니다.

소년이 말했습니다.

"빨리, 기어서 빠져나와. 너는 할 수 있을 거야."

로저는 기어서 빠져나가는 데는 명수였습니다. 게다가 최근에는 거의 먹지를 못해 바싹 말랐으므로 틈을 통해 나가는 데에 아무 문제 없었죠. 로저는 진흙탕에 툭 떨어졌다가 바로 일어났습니다.

소년이 말했습니다.

"빨리. 이제 뛰자! 도망가야 해!"

"맞아!"

로저도 따라 뛰면서 말했습니다. 로저와 소년은 가판대 사이를 뛰어 도망쳤습니다. 조금 가니, 다른 아이가 유령 열차 옆의 어둠 속에서 쓱 나타났습니다. 아이들은 아무도 없는지 살폈습니다.

로저가 물었습니다.

"네가 우리 모두가 도망치도록 도와주는 거니?"

"뭐라고? 누가 또 있는데? 너만 구경거리 괴물 아니었니?"

"쟤들도 있잖아."

로저는 유령 열차 바깥에 그려진 유령들과 해골들을 가리켰습니다.

"쟤들도 나처럼 저기에 갇혀 있어. 우리 쟤들도 풀어 주자."

"너, 미쳤구나?"

소년은 그렇게 말하고 이쪽저쪽 조심스럽게 살폈습니다.

"자, 가자!"

그들은 또 뛰었습니다. 로저는 따라가며 발걸음이 떨어지지 않는다는 듯 갇혀 있는 유령들을 뒤돌아보았습니다. 성 아래의 길 어두운 곳에 이르러 좀 안전해지는 것 같자 소년이 멈추더니 말했습니다.

"내 이름은 빌리야. 알았지?"

"응, 알았어. 네 이름은 빌리."

"맞아. 쥐 소년, 나는 널 쭉 지켜보았어. 오늘도 그 천막에 세 번이나 가서 네가 꿈틀거리며 기어서 빠져나오는 걸 봤거든. 넌 아마 날 못 봤겠지만 난 거기 있었어. 난 빠져나오는 걸 잘하는 애를 찾고 있었거든. 그리고 넌 정말 잘해. 꿈틀거리면서 좁은 곳에서 빠져나오는 걸로 말하자면 넌 최고야. 네가 할 일이 있어, 쥐 소년아. 그러니까 넌 이제부터 내가 시키는 대로 해야 해. 왜냐하면 내가 널 구해 줬고, 이제 넌 내 거니까. 내가 시키는 일은 무조건 해야 해."

로저는 고개를 끄덕이며 대답했습니다.

"알았어. 기억할게."

"좋아, 넌 세상에서 제일 낮은 자야. 알았지?"

로저가 자랑스럽게 따라 했습니다.

"세상에서 제일 낮은 자."

"바로 그거야. 이제 들어 봐. 네가 한 번도 못 들어 본 얘기를 해 줄게. 듣고 있지?"

"응."

로저는 열심히 들으려고 노력하며 대답했습니다.

"그럼 저기 좀 봐 봐."

빌리는 길 반대편을 가리켰습니다. 거기에는 부러진 꼬챙이들이 꽂혀 있는 녹슨 철 대문이 있고 대문 안에서 희미한 가스 등불이 잡초가 가득한 무덤과 쓰러진 비석을 비추었습니다.

빌리가 속삭였습니다.

"저거 보여?"

"응, 좋아. 저거……."

"닥쳐. 저건 좋지 않아. 저건 무서운 거야. 저곳은 죽은 사람을 묻는 곳이야. 사람들은 말이지, 언젠가는 늙어서 죽어. 하지만 너 같은 시궁쥐는……."

"난 이제 시궁쥐가 아니야. 난 보통 아이야."

"한번 시궁쥐면 영원히 시궁쥐야."

빌리가 너무나 확신 있게 말했기 때문에 이 말은 로저에게 깊은 인상을 남겼습니다. 로저는 잊어버리려고 했지만, 이 말은 머릿속에서 사라지지 않았습니다. 로저는 이 말이 맞다고 믿어 보려고 자기 스스로 그 말을 해 보았습니다. 빌리는 고개를 끄덕였습니다.

"바로 그거야. 그런데 지금 너, 내가 말하는 중간에 끼어들었는데 난 그런 걸 싫어해. 다시는 그러지 마. 그러니까 내가 하려는 말은 너 같은 쥐는 늙어서 죽는 게 아니라는 거야."

"늙어서 죽는 게 아니라고?"

"그래, 아니야. 너 같은 쥐는 방멸*되는 거야. 사람들이, 아, 쥐가 많구나, 그러면 방멸 전문가를 부르지. 많지 않고 쥐가 있구나 싶기만 해도 바로 방멸 전문가를 불러."

빌리의 말은 끔찍했습니다. 로저는 숨을 몰아쉬면서 경찰서에서 경사가 했던 말을 기억해 냈습니다. 경사 또한 방멸 얘기를 했습니다. 로저는 몸을 떨다 겨우 물어보았습니다.

"방멸 전문가가 어떤 거야?"

"그건 어떤 게 아니야. 그건 사람인데 실제로 본 사람은 아무도 없어. 장비를 가지고 와서 말이지……."

'장비'라는 말을 듣자 로저의 마음은 깊고도 심한 공포에 사로잡혔습니다. 보이지 않는 어떤 것을 든 얼굴 없는 사람의 형상이 자꾸 떠올라 견딜 수가 없었습니다.

로저는 애원했습니다.

---

*빌리가 모조리 잡아 없앤다는 뜻인 '박멸'을 '방멸'로 틀리게 말하고 있습니다. 이후로 로저도 그대로 잘못 따라 씁니다.

"하지 마! 얘기하지 마!"

빌리는 부드럽게 말했습니다.

"오, 이야기해야만 해, 로저. 내가 너한테 방멸 전문가 얘기를 해 주지 않는 건 옳지 않은 일이야. 그가 장비로 하는 일은 말이지⋯⋯."

로저는 신음하며 몸을 떨었습니다.

"아무도 몰라. 하지만 방멸이 끝났을 땐, 그 얘기를 전해 줄 쥐가 한 마리도 남아 있지 않지. 사람들은 쥐들이 수염에 피가 묻고 얼굴이 공포로 이지러진 채 죽어 있는 걸 발견할 뿐이야."

로저는 실낱같은 희망을 품고 말했습니다.

"난 수염이 없어."

"그래 봤자 아무런 차이도 없어. 방멸 전문가는 말이지, 누가 쥐인지 금방 알아낼 수 있어. 완전히 인간 남자아이와 똑같이 생겼더라도 말이야."

"그럼 사람이 된 다른 쥐가 있다는 거야?"

"그렇지. 자주 일어나는 일은 아니지만, 몇 사람 있어. 방멸 전문가들은 이런 경우를 아주 엄하게 다뤄. 바로 그런 쥐들을 맨 먼저 방멸시키고 싶어 하지."

"나 같은 경우 말이야?"

로저는 속삭이며 스스로를 두 팔로 꽉 붙잡았습니다.

"그래, 바로 너 같은 경우. 내가 널 돌봐 주게 되어서 천만다행이야. 알겠지? 넌 내가 시키는 대로만 해. 내가 방멸 전문가가 못 오게 막아 줄게. 하지만 네가 내 말을 안 들으면 난 너무 화가 나서 그걸 까먹을지도 몰라. 그러면 내가 등을 돌린 사이에 방멸 전문가가 금방 나타날 거야. 그는 아주 신속하거든."

로저가 애원했습니다.

"안 돼! 절대 까먹지 마!"

"좋아. 날 화나게 하지만 마. 그러면 까먹지 않아. 이제 날 따라와. 먹을 걸 찾아보자. 배고프지?"

로저는 몸을 너무 심하게 떨어서 이가 딱딱거리고 무릎도 맞부딪쳤습니다. 로저는 이를 악물고 고개를 끄덕이고는 떨리는 무릎을 손으로 잡았습니다. 떨리는 소리가 방멸 전문가에게 들릴까 봐 말입니다. 무언가 헐겁고도 핑핑 도는 기분이 들었습니다.

"그럼 이제 따라와."

빌리는 다른 샛길을 지나 어떤 마당으로 로저를 데리고 갔습니다. 마당은 바닥에 깐 젖은 돌이 반사하는 빛 덕분에 겨우 보였습니다. 빌리가 석탄 광으로 내려가는 뚜껑을 열자 희미한 불빛과 함께 무언가 기름에 튀기는 냄새가 새어 나왔습니다.

"내려가."

빌리는 로저를 세게 밀었습니다. 로저는 무슨 일이 일어나는지도 모른 채 미끄러져 굴러서 지하실의 먼지 쌓인 바닥으로

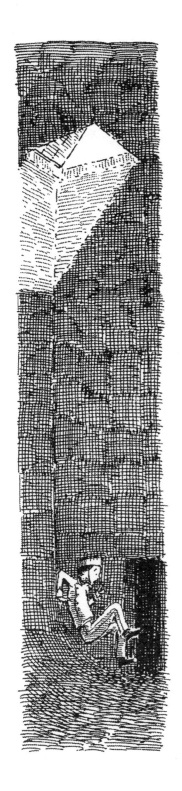

떨어졌습니다. 빛나는 눈알들이 로
저를 에워쌌습니다.

손 하나가 쑥 튀어나와 로저를 옆
으로 밀쳐 내자마자 바로 그 자리에
빌리가 미끄러져 굴러 내려왔습니
다. 로저의 눈앞에는 대여섯 명 되는
남자아이가 있었습니다. 모두들 로
저보다는 컸고 남루한 차림새에 더
러웠습니다. 아이들의 눈이 반짝이
는 까닭은 기름 등잔과 한 남자아이
가 감자칩을 튀기는 난로의 빛 때문
이었습니다.

빌리가 몸에서 먼지를 떨며 말했
습니다.

"얘가 쥐 소년이야. 알지?"

한 소년이 알은체를 했습니다.

"아, 알아."

그 옆에 있는 소년은 "아하!" 했고,
세 번째 소년은 "아, 얘구나." 했습
니다.

로저는 이 아이들이 자신을 만나서

기뻐하는 거라고 생각했습니다. 그래서 다른 사람들이 하는 것
처럼 손을 내밀었습니다. 그리고 첫 번째 소년에게 말했습니다.
"만나서 반갑습니다."

그랬더니 소년들이 모두 웃으면서 로저의 손을 한 번씩 잡았
습니다. 모두들 얼마나 친절한지 로저의 팔을 잡아 보고, 꼬리
를 찾는 척하고, 로저의 머리를 흐트러뜨렸습니다. 로저는 이
렇게 행복한 건 처음이라고 생각했습니다. 소년들이 로저에게
뜨거운 감자칩을 주자 로저는 입을 데어 바닥에 감자칩을 떨어
뜨렸습니다. 그러자 소년들이 큰 소리로 웃어 댔습니다. 로저
는 소년들이 너무나 고마워서 눈에 눈물이 가득 고인 채 소년
들보다 더 크게 웃었습니다.

로저는 어디로 사라졌을까?

"아아, 끔찍해라! 마침내 찾아냈는데, 이런 모습이라니!"

회색빛의 추운 아침이었습니다. 조앤은 비 내린 박람회장에 서서 초록색 독을 뚝뚝 떨어뜨리는 쥐 소년의 그림을 바라보며 밥의 팔을 꽉 움켜쥐었습니다.

"잠깐, 이건 뭐지?"

밥의 말에 조앤은 마차 문에 붙은 안내문을 찬찬히 뜯어보았습니다.

"예상치 못한 사정 때문에 세계적인 쥐 소년의 공연은 오늘 취소되었습니다. 다음 공지가 있을 때까지 공연은 연기됩니다. 더욱더 새로운 볼거리로 여러분을 찾아뵙겠습니다. 주인, O. 탭스크루."

조앤은 내용을 소리 내어 읽고는 말했습니다.

"로저가 아픈 게 아니어야 할 텐데. 어서 저 문을 두드려서 탭스크루 그 작자를 나오라고 하세요, 여보."

밥은 문을 두드렸습니다. 잠시 후 탭스크루 씨가 몹시 시달린 표정으로 나왔습니다. 탭스크루 씨가 말했습니다.

"글씨 읽을 줄 모르시오? 공연은 취소되었습니다."

"그 아이는 어디 있소?"

"당신이 상관할 바 아니오."

탭스크루 씨가 퉁명스레 대답한 뒤 도로 문을 닫으려고 하자, 밥이 발을 끼워 넣었습니다.

"이런! 저리 가시오!"

"순순히 우리 말을 듣는 게 좋을 거요. 안 그러면 경찰에 신고하겠소."

"들어오라고 해요."

안에서 목소리가 들려왔습니다. 조앤은 그 목소리가 설탕을 너무 조금 넣은 레몬 마멀레이드 같다고 생각했습니다.

탭스크루 씨가 문을 열었고, 밥과 조앤은 안으로 들어갔습니다.

"무슨 용건이죠?"

탭스크루 씨가 묻자 밥이 단호하게 말했습니다.

"우리 로저에게 당신이 무슨 짓을 했는지 알고 싶소."

탭스크루 부인이 바로 되받아쳤습니다.

"그 애가 왜 당신 애죠?"

"증인이 있소. 그리고 당신들이 그 애를 데려갔다는 것도 알고 있고. 부정할 수는 없을 거요. 애는 어디 있소?"

탭스크루 부인이 말했습니다.

"잠깐만요, 당신들이 쥐 소년을 데려가려는 이유가 뭐죠? 당신들이 주인인가요? 증명해 보이셔야 할걸요."

조앤이 열을 올리며 말했습니다.

"물론 우리는 주인이 아니에요! 도대체 당신들은 그 아이를 뭐라고 생각하는 거죠? 노예? 개? 아니면 뭐라고 생각하는 거예요?"

"주인이 아니라면, 그러면 당신들은 아무 상관도 없는 사람들이군요. 여보, 나가라고 하세요."

"그럴 순 없지."

밥이 이렇게 말하며 서 있을 때는 세상의 그 무엇도 밥을 건드릴 수 없었지요.

"내 말을 똑똑히 듣고, 내 말이 끝날 때까지는 말하지 마시오. 어느 날, 그 작은 아이가 우리에게 와서 우리가 받아들였소. 그 아이는 아무것도 모르지만 아주 착한 작은 아이였고 이것저것 배우려고 열심히 노력했소. 그런데 갑자기 사라졌고, 그 뒤로는 전혀 소식을 듣지 못했소. 당신이 쥐 소년에 대해서 묻고 다녔다는 얘기를 듣기 전까지는 말이오. 그 아이가 당신들한테는 쥐 소년이고, 아마도 생계의 수단일지 모르지만, 그 아이는 이런 데 있을 아이가 아니오. 그 아이는 제대로 돌봐 줄 사람들이 있는 가정에 있어야 할 아이란 말이오. 이제, 그 아이가 어디 있는지 말하시오."

탭스크루 부인이 말했습니다.

"걘 미친 애였어요. 반은 쥐고 반은 사람이었단 말이에요. 그런 애에게는 직업이 필요해요. 우리는 그 아이에게 경력을 쌓을 수 있는 좋은 직업을 주고 훈련시켰어요. 아마 훌륭한 배우가 될 수도 있었을 텐데. 유명해질 수도 있었을 텐데. 그럼 세계 제일의 괴물이 될 수 있었을 거예요, 걘……."

조앤이 물었습니다.

"괴물이라니, 그게 무슨 뜻이죠?"

"그건, 완전히 사람은 아니라는 거죠. 만약 완전한 사람이라면 그 더러운 걸 다 먹을 순 없었을 거예요. 걘……."

조앤은 울화통을 터뜨렸습니다.

"더러운 거요? 더러운 거라니요? 도대체 무슨 얘기를 하고 있는 거지요?"

밥은 조앤이 평정을 잃었음을 알아채고, 조앤의 팔을 잡으면서 말했습니다.

"시시콜콜한 얘기는 신경 쓰지 마. 지금은 중요한 질문이 먼저니까. 중요한 질문은 바로, 그 애는 어디 있소?"

탭스크루 씨가 대답했습니다.

"걘 사라졌어요."

"언제?"

탭스크루 씨가 쓸쓸하게 말했습니다.

"어젯밤에. 마차를 뜯고 나가 버렸소. 따뜻하고 포근한 마차에서 말이오. 아주 안락하게 지냈는데, 널빤지를 뜯고 마차 바깥으로 나갔단 말이오. 수리하려면 돈도 만만치 않겠소. 혹시 당신들이 그 애를 책임지고 있다면, 수리비를 당신들이 내는 게 당연한 것 같소."

"당신들이 지금 우리 애를 가둬 놓았다가 아이가 벗어나자 계산서를 보내겠다는 거요? 말도 안 되는 소리 하지 마시오. 가서 마차를 좀 봅시다."

조앤은 마음이 이상해졌습니다. 밥이 '우리 애'라고 말했기 때문입니다. 밥은 그 전에는 한 번도 그런 말을 하지 않았고 자기 역시 한 번도 그렇게 생각해 본 적이 없었습니다. 하지만 지금은 마치 자기와 남편이 연결된 것과 똑같은 끈으로 자기와 아이와 남편이 강하게 연결되어 있는 것만 같았습니다. 조앤은 머릿속에서 몇 번이나 그 말을 되뇌어 보았습니다. 우리 애.

탭스크루 씨는 마차를 보여 주고 싶지 않았습니다. 아무래도 두 사람이 자기 말처럼 마차를 안락하다고 생각하지 않을 것 같았기 때문입니다. 하지만 밥을 거스를 수는 없었습니다.

그래서 툴툴거리며 열쇠를 들고, 탭스크루 부인이 말싸움을 거들기 위해 따라오는 가운데, 모두 쥐 소년의 우리를 보러 갔습니다.

조앤은 크게 손을 휘저으며 소리쳤습니다.

"세상에, 아이를 저런 곳에!"

탭스크루 부인이 말했습니다.

"별로 깔끔한 성격은 아니었어요."

"저 안에서 어떻게 깔끔할 수 있어요! 그리고 이건 뭐죠? 이걸 애한테 먹으라고 줬나요?"

탭스크루 씨가 한쪽 발로 곰팡이 핀 빵 조각을 짚더미 밑으로 밀어 넣으며 말했습니다.

"아니요, 절대 아니죠. 우리는 그 애를 정말 잘 먹였어요. 수프와 스튜와 아주 영양가 있는 걸로만 말이에요. 이건 그냥 직업상 무대 장치에 속하는 거죠. 그러니까 전문 용어로는 '소품'이라고 하고요."

조앤이 말했습니다.

"쓰레기라고 부르는 게 낫겠군요."

부러진 널빤지를 들여다보던 밥이 말했습니다.

"그 애가 한 게 아니오. 당신은 일을 한 번도 안 해 봤군. 해 봤다면 보자마자 알았을 텐데. 이쪽에서 이걸 들어 올릴 수는 없지. 밖으로 나와 보시오."

그들은 모두 마차 뒤로 돌아갔습니다. 밥은 몸을 굽히고 다른 널빤지에 난 자국들을 살펴보았습니다.

"보이시오? 저건 쇠지레로 들어 올린 거요. 애가 널빤지를 뜯고 빠져나간 게 아니요. 누군가 밖에서 애를 꺼내 준 거요."

밥은 몸을 쭉 펴고 탭스크루 씨와 마주 서더니 갑자기 탭스크루 씨의 가슴을 집게손가락으로 찔렀습니다. 그 손가락은 마치 성벽을 부수는 데 사용하는 나무 기둥과 같았지요.

탭스크루 씨는 숨을 몰아쉬었습니다.

"아니, 이런. 말로 하면 될 것 아니오……."

"당신 책임이야!"

그렇게 말하는 밥의 목소리 역시 성벽을 부수는 나무 기둥 같았습니다. 특히 아주 무거운, 단단한 참나무로 만든 기둥 말입니다.

탭스크루 씨가 고래고래 소리를 질렀습니다.

"아니야, 아니란 말이야! 전혀 아니야! 우리는 그 애를 안전하게 잘 돌봐 주었단 말이야!"

"그렇다면, 도대체 아이가 어디로 갔단 말이오?"

똑똑한 놈

지하실의 소년들은 거의 하루 종일 잠만 잤습니다. 그래서 로저도 그렇게 했습니다.

잠을 깬 로저는 빌리가 자기 앞에서 새 옷을 든 채 자기를 흔들고 있는 것을 알았습니다.

"자, 네 옷을 가져왔어."

로저는 빌리의 자상함에 깜짝 놀랐습니다.

"밖에서 사 온 거야?"

"넌 똑똑한 놈이야. 바로 그래. 이건 내가 조달해 온 거야. 이제 그 넝마를 벗고 이걸 입어."

로저가 새 셔츠와 재킷을 입고 자랑스럽게 일어서자 해진 제복을 입었던 때와 사뭇 달라 보였습니다. 마치 똑똑한 놈 또는 미끈한 놈처럼 보였지요.

"좋아. 너도 이제 밥벌이를 해야지. 우리 동업자 중에 꿈틀꿈틀 기어서 빠져나가는 걸 아주 잘하는 놈이 있었는데, 걔가 너무 뚱뚱해졌어. 그러더니 어느 날 기어서 빠져나오다가 그만 걸려 버렸어. 물론 우리가 할 수 있는 건 아무것도 없었어. 도울 수도 없었지. 우린 그 애를 거기 그냥 놔두고 왔어."

"그래서 방멸 전문가한테 잡힌 거야?"

"그러지 않았다고 할 수도 없지. 어쩜 그랬을 수도 있고 아닐 수도 있어. 하지만 아무리 잘 기어서 빠져나오는 놈이라도 너보다는 못해. 넌 절대로 걸리지 않을 거야."

"응."

로저는 머리를 열심히 저으며 동의했습니다.

"바로 그래서 내가 널 박람회에서 점찍은 거야. 그리고 어젯밤 마차에서 빠져나왔을 때, 난 확신했지. 너야말로 최고의 기어서 빠져나오는 놈이라고. 진짜로."

로저는 기뻤습니다.

"오늘 내가 기어서 빠져나가기를 하는 거야?"

"이따 밤에. 우리는 밤에 활동해. 마치 너처럼 말이지, 쥐 소년아. 넌 밤에 기어서 빠져나오는 놈이야."

"응, 내가 바로 그거야."

그제야 동업자들이 일어났습니다. 모두들 로저의 새 옷에 감탄했습니다. 난로에서는 계란과 햄이 지글지글 익었습니다. 그들은 로저에게 로저의 주먹 두 개만큼이나 큰 치즈 덩어리를 주었습니다. 로저는 너무나 행복하게 오랫동안 치즈를 갉았습니다.

다들 배를 채운 뒤, 밖이 캄캄해지자 빌리가 말했습니다.

"좋아, 애들아. 줄을 서."

동업자들은 모두 한 줄로 섰습니다. 빌리는 모두를 유심히 점검했지요. 신발(신발에 금속이 있어서 소리를 내지 않는지 또 넘어지지 않게 신발끈이 단단히 매어져 있는지), 옷(밝은 색 옷을 입어서 눈에 띄지는 않는지), 배낭(구멍이 나 있지는 않은 지)을 검사했습니다. 빌리가 말했습니다.

"전원 참석, 전원 합격. 좋아. 이제 우리한테는 새로운 빠져 나오는 놈이 생겼으니 지난번 같은 문제는 발생하지 않을 거야. 일이 끝나면 곧장 돌아와야 해. 각자 다른 길을 이용하는 거 잊지 말고. 자, 복습. 기억하고 있나 보자. 도저부터 외워 봐."

한 소년이 나서서 외웠습니다.

"정원을 지나 울타리를 넘어 오른쪽으로 돈 다음 수로를 따라와서 다리를 건너 성을 돌아서 시장을 통해서 집으로 온다."

"좋아."

소년들은 모두 자기가 올 길을 외웠는데 모두들 달랐습니다.

"이런 게 바로 조직의 힘이야. 넌 내 옆에 붙어서 나만 따라

오면 돼."

빌리는 로저를 향해 몸을 돌리고 말하고는, 보통은 석탄 홈통 옆에 자기가 달아 놓은 밧줄을 타고 올라가서 나가지만 오늘은 로저의 빠져나가는 기술을 마지막으로 확인해 보고 싶다면서 구석에 높게 나 있는 조그마한 창문을 가리켰습니다.

"저길 통과하는 데 얼마나 걸리는지 보자. 명심할 것은, 진짜 잘 빠져나가는 사람은 벌레처럼 조용히 빠져나간다는 거야. 알지?"

"할 수 있어!"

로저는 이렇게 말하고는 30초도 되지 않아서 창문을 빠져나갔습니다. 그러고는 흥분해서 다른 소년들이 밧줄을 타고 올 때까지 기다렸습니다.

잠시 뒤, 모든 소년이 골목에 조용히 섰습니다. 빌리는 한 명씩 등을 두드리며 30초 간격으로 소년들을 내보냈습니다. 너무나 어두워서 로저의 좋은 눈으로도 아이들이 어디로 가는지 보이지 않았습니다.

제거 작업

30분 뒤 소년들은 창문이 꽉 닫힌 멋진 저택을 올려다볼 수 있는 잘 가꿔진 커다란 정원의 덤불 속에 쭈그리고 앉았습니다.

빌리가 속삭였습니다.

"자, 지금부터가 문제야, 로저. 우리가 들어가야 하는데, 길은 하나밖에 없어. 부엌 찬장 위에 난 공기 구멍이지. 너라면 문제없이 들어갈 수 있을 거야."

"응, 문제없어."

"일단 안으로 들어가면, 주위를 살펴보고 열쇠를 찾아. 사람들은 대부분 정신이 없고, 하인들은 특히나 더 정신이 없어. 하인들은 자기 주인들을 싫어해서 그 사람들 때문에 특별히 신경 써서 일하진 않거든. 그러니까 주위를 잘 둘러보면 분명히

고리나 못에 걸려 있는 열쇠가 보일 거야. 그럼 그 열쇠를 가지고 부엌문을 열어."

"할 수 있어! 그러고 나서는 뭘 하는 거야? 우리가 부엌에서 사는 거야?"

"아니야. 집주인들은 우리가 제거 작업을 좀 해 줬으면 해."

로저는 제거 작업이라는 말이 마음에 들었습니다. 그래서 혼자서 여러 번 되뇌어 보았습니다.

모두들 준비가 되자 빌리가 로저에게 말했습니다.

"자, 이제 저 작은 창 옆에 있는 벽들을 자세히 봐. 분명히 구멍이 뚫려 있는 벽돌이 있을 거야. 그게 바로 속이 빈 통풍용 벽돌이야. 자, 여기, 쇠지레 받아. 창틀 위에 올라서서 그 쇠지레를 통풍용 벽돌 옆에서 흔들어서 느슨하게 만들어. 벽돌이 빠져나오면 그리로 들어가서 열쇠를 찾아."

로저는 이렇게 복잡한 작업을 수행하게 되자 가슴이 두근거렸습니다. 몇 초 뒤, 로저는 부스러지는 회반죽 위에 쇠지레를 끼우고 흔들었습니다. 과연 통풍용 벽돌이 느슨하게 빠져나왔습니다. 로저는 벽돌을 빌리에게 건넸습니다. 그러고는 꿈틀거리며 기어 들어가기 시작했지요.

로저가 최고의 빠져나가기 선수인 것은 다행한 일이었습니다. 그리고 최근에 쥐 소년 역할을 하면서 살이 빠진 것도요. 왜냐하면 로저의 몸 몇 군데는 정말로 끼려고 했기 때문입니

다. 하지만 로저는 무척 날씬했고, 로저가 자기가 쥐었던 것을 기억한 것도 큰 도움이 되었습니다. 빠져나가는 데는 총 4분이 걸렸지만, 결국 로저는 끝에 도달했고 먼지와 회반죽 범벅이 되어 부엌 바닥에 쿵 떨어졌습니다.

로저는 소리쳤습니다.

"내가 해냈어! 들어왔어!"

빌리가 밖에서 침착하고 조용하게 말했습니다.

"잘했다."

덤불 속에 숨은 동업자들은 로저의 외침을 듣고 모두 신경이 쭈뼛 섰습니다. 하지만 곧 이런 상황에서도 침착하고 부드럽게 말하며 전혀 꿈쩍도 하지 않는 지도자에 대한 존경으로 마음이 뿌듯해졌습니다.

빌리가 말했습니다.

"자, 이제 들어갔으니까, 그 안에서는 조용히 움직여야 해. 제거 작업은 그렇게 해야 하거든. 소리 내면 안 돼. 이제 열쇠를 찾아봐."

1분이 지났습니다. 빌리는 움직이지 않았습니다. 동업자들도 마찬가지였습니다. 또 1분이 지났습니다. 부엌 뒷문에서 작게 무언가 부딪치는 소리가 났습니다. 빌리는 순식간에 뒷문 앞으로 달려가 섰습니다. 그러고는 손잡이를 돌렸습니다. 문이 활짝 열렸지요.

동업자들은 모두 까치발로 조심스레 그림자 한 떼보다도 더 조용히 들어왔습니다. 문이 열린 지 몇 초 되지도 않아 소년들은 모두 이미 문이 닫힌 커다란 부엌 안에 들어와 있었습니다.

"정말 잘 빠져나왔어. 자, 로저, 넌 이제 여기서 망을 봐. 너희들은 뭘 할지 알지?"

동업자들은 어두운 집 안으로 쏜살같이 흩어졌습니다. 로저는 망을 보는 게 무엇인지 몰랐지만, 그것이 무엇이든 기꺼이 하겠다는 마음으로 부엌에 남아 있었습니다.

로저는, 무언가 먹을 게 있나 주위를 둘러보았습니다.

이 집에 살던 사람들은 하인들까지 데리고 어디로 떠난 뒤였습니다. 그래서 부엌에는 신선한 먹을거리가 전혀 없었습니다. 하지만 로저는 선반 위의 상자와 봉지와 병들에 든 온갖 종류의 말린 음식을 발견했지요. 처음에 로저는 자기가 아주 가늘고 긴 '최선'을 발견했다고 생각했지만 나무로 만든 것들과는 맛이 아주 달랐고 훨씬 잘 부러졌습니다. 부러지면서 부엌 이곳저곳으로 튕겨 날아갔지요. 만약 로저가 상자 위에 쓰여 있는 글을 읽을 수 있었더라면, 지금 자기가 스파게티를 먹고 있다는 걸 알았을 거예요.

스파게티를 양껏 먹은 로저는 이번엔 선반 뒤쪽에서 말린 무화과를 찾아냈습니다. 그다음에는 크림 크래커도 한 봉지 먹었지요. 오래되어서 휘어지는 당근 한 개, 쌀 반 봉지, 아주 맛있는 말린 콩도 먹었습니다.

그러고 나서 로저는 큰 실수를 했습니다.

구석에 위쪽이 비틀려 닫힌 봉지가 하나 있었는데 그 안에는 가볍고도 사그락 소리가 나는 것이 들어 있었습니다. 로저는 자동으로 그것을 입속으로 밀어 넣은 뒤, 씹어서 꿀떡 삼켰습니다. 물론 로저는 고추에 대해서 들어 본 적이 없었고, 그게 그런 맛이리라고는 짐작할 수도 없었지요. 매운맛은 순식간에 전달되었습니다.

잠시 뒤, 로저는 숨을 헐떡거리며 눈을 부릅뜬 채 빙빙 돌기 시작했습니다. 화끈거리는 입속에 막 부채질을 하면서요. 자기가 먹은 것이 무엇인지 상상조차 할 수 없었습니다. 입술과 혀와 목구멍과 배 속이 모두 불이 붙은 것만 같았습니다. 한 번도 그 존재를 모르고 있었던 내장의 부분들이 지글지글 끓는 듯했지요. 로저는 비명을 지르고, 펄쩍펄쩍 뛰고, 찍찍 소리를 내고, 우르르르 목을 울려 보고, 후후 소리를 내다가, 갑자기 어떤 생각이 떠올랐지요. 물! 물! 물!

당장 수도꼭지로 뛰어갔지만, 로저의 불타는 입속으로 떨어진 것은 덜걱덜걱 빈 관이 울리는 소리뿐이었습니다. 수도가 끊겨 있었던 거죠. 로저는 자기가 아는 모든 소리를 내어 보았

습니다. 야옹야옹, 히힝히힝, 깽깽, 멍멍멍, 꾸룩꾸룩, 그러다
가 부엌문 앞에 커다란 통이 놓여 있던 것을 생각해 냈습니다.
들어오다가 보았지요.

　로저는 밖으로 달려나가 통과 벽 사이를 기어 올라갔지만 통
은 커다란 나무 뚜껑으로 덮여 있었습니다. 로저는 있는 힘을
다해 뚜껑을 잡아당겼고, 뚜껑은 굉음을 내며 자갈 바닥으로
떨어졌습니다. 로저는 머리 전체를, 달빛을 반사하는 차갑고
맛있는 물속으로 집어넣었습니다.

　　　　　로저는 두 손으로 통을 꼭 잡고,
미끈미끈한 통 옆에 발을 겨우 걸
치고는 꿀꺽꿀꺽 게걸스럽게 마시
고 벌컥벌컥 들이켜고 또 들이켰
습니다. 아아, 살았다! 이렇게 시
원할 수가! 입속에 달콤하게 감도
는 촉촉함이라니! 로저는 온몸이
물에 흠뻑 젖을 때까지 계속해서
꿀꺽꿀꺽 들이켰습니다.

　로저는 더는 물을 마실 수 없을 때까지 마시고 나서야 통 옆
으로 내려왔습니다. 입속이 타는 것 같던 기억을 벌써 다 까먹
은 로저는 뭔가 배 속이 이상하다는 것을 느꼈습니다. 로저는
비틀거리며 옆으로 물러나 자기 배 속에서 나는 소리를 들어

보았습니다. 부글부글, 꾸르륵꾸르륵, 슉슉, 꼴꼴. 로저의 배속으로 들어간 물 폭포가 말린 콩과 쌀과 스파게티 면을 만나면서 온갖 소리를 냈습니다. 로저는 걱정스레 배를 쓰다듬었습니다. 쌀알들은 부풀어 오르고 말린 콩은 물을 먹어 두 배로 불어나고 스파게티 면들 역시 점점 더 퉁퉁 불었습니다. 새 셔츠 밑에서 요동을 치며 배가 점점 불룩하게 불러 왔습니다.

"오오!"

로저는 비틀거리며 소리쳤습니다.

"아야. 이이이키!"

그러다 갑자기,

"딸꾹!"

로저는 그 전까지 한 번도 딸꾹질을 한 적이 없었습니다. 로저는 자기가 폭발할 거라고 생각했습니다. 이를 악물고 딸꾹질을 멈춰 보려고 애쓰자, 딸꾹질이 코로 나왔습니다. 그러는 동안에도 배는 점점 더 빵빵해지고 점점 더 불룩해졌습니다.

로저는 숨을 헐떡이며 코를 킁킁대고 딸꾹질과 트림을 함께하며 아주 비참한 기분이 되어 이쪽저쪽으로 비틀거렸습니다.

바로 그때 로저의 눈앞에 불빛이 비치더니, 누군가 로저의 어깨를 꽉 잡고 굵은 목소리로, "여기서 도대체 뭘 하고 있느냐!" 하고 물었습니다.

그는 누구일까

로저와 그 남자 위로, 마당 쪽으로 나 있는 부엌의 창문 밖에서 조용히 몇 쌍의 눈이 빛나다가 사라졌습니다.

로저는 터질 것처럼 배가 부풀어 오른 데다가 너무나 놀라 아무 생각도 할 수 없었습니다. 하지만 고개를 들어 하늘을 가린 이 무시무시한 경찰관의 형체를 보자, 단 한 가지 생각만 떠올랐습니다.

"빌리! 살려 줘! 방멸 전문가야! 와서 날 좀 도와줘!"

로저는 소리를 지르고는 경찰의 손을 꽉 물었습니다.

경찰은 놀라서 숨을 들이쉬고는 허리에 꽂힌 경찰봉을 잡으려고 로저를 놓았습니다. 그 틈을 타 로저는 잽싸게 뛰어 도망가며 공포에 질려 집 쪽을 보고 계속해서 외쳤습니다.

"빌리! 빌리! 와서 싸워 줘!"

"뭐야, 위에 더 있나? 덫에 걸린 쥐 떼 꼴이군."

경찰은 호각을 불었습니다. 로저에게는 그걸로 충분했습니다. 로저는 이 남자가 쥐 얘기를 하는 걸로 보아 방멸 전문가가 틀림없다고 생각했습니다. 호각 소리는 그의 무서운 장비가 작동하는 신호일 테고요. 빌리에 대한 깊은 충성심에도 불구하고, 배 속이 아수라장 같은 상태인데도 불구하고, 로저는 몸을 돌려 어둠 속으로 달아났습니다.

로저는 어디로 가야 할지 알 수가 없었습니다. 지하 석탄 창고로 가는 길은 기억할 수가 없었고, 기억난다고 하더라도 감히 갈 수는 없었습니다. 머릿속은 죄책감과 비참함으로 가득했습니다. 착한 소년이 되고 싶었지만, 무슨 일을 해도 그렇게 될 수는 없었습니다. 자기는 나쁜 아이였습니다. 몸을 웅크리고 잘 편안한 장소를 가질 자격이 없는 것 같았습니다. 보통

때처럼 밥과 조앤, 우유죽, 잠옷, 뒷간, 최선 하고 혼잣말을 할
자격도 없는 것만 같았습니다. 어쩐지 이 말들이 자기 입에 오
고 싶어 하지 않는 것 같았습니다. 로저는 입술이 달싹거리는
소리를 들으며 그 말들을 속삭이고 있다고 상상했습니다.

　어두운 밤거리를 걷던 로저는 철망으로 덮인 하수구를 발견
했습니다. 마치 사람이 드나들 수 있는 쥐구멍 같았습니다. 그
안으로 들어가면, 아무에게도 해를 입히지 않고 아무 나쁜 짓
도 하지 않을 수 있을 것 같았습니다. 소년이 되는 것을 포기하
고, 시궁쥐로 돌아갈 수 있을 것 같았습니다.

　"한번 시궁쥐는 영원히 시궁쥐야."

　빌리가 이렇게 말하지 않았던가요. 로저가 인간 아이의 역할
을 잘 못하는 한 그 말은 사실임이 틀림없었습니다. 그래서 로
저는 하수구 철망을 들고 어둠 속으로 미끄러져 들어갔습니다.

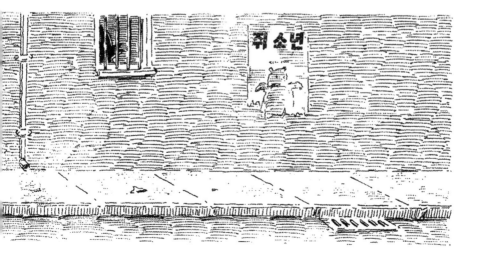

회초리 일보
진실의

다시 범죄율 증가

공식 발표에 따르면, 이 나라는 범죄가 판치는 나라가 될 것이라고 한다. 50년 동안 범죄율은 계속해서 증가해 왔다.

흔한 범죄의 한 예로 디치워터 공작 저택의 도난 사건을 들 수 있다. 어린 소년들로 이루어진 한 떼의 범죄단이 모두 현행범으로 붙잡혔다.

가정 서기관의 말이다.

"이건 모두 선생님들 잘못이오."

이리 와! 어서!

속에서부터 썩어 있다.

교실의 무질서

하지만 선생님들은 교실에서 불량 청소년들과 폭력 단체에 속한 청소년들을 다루는 일에 대한 고충을 호소한다. 교원 단체 한 교사의 말이다.

"학문에 대한 존경심이 사라진 지 오래입니다. 이건 모두 부모들의 잘못입니다."

가정 해체

전통적인 가정은 해체 위기에 놓여 있다. 가정의 가치는 이미 사라진 지 오래다. 노동 방식의 변화, 세금, 폭력적인 오락물이 오래된 가치들을 뒤흔들고 있다.

한 부모의 말이다.

"도덕적인 중심이 될 만한 것이 아무것도 남아 있지 않습니다. 이건 모두 교회의 잘못입니다."

도덕적 가치의 상실

하지만 교회는 이렇게 말한다. 대주교의 말이다.

"전쟁의 위협이 계속되고 환경 파괴가 자행되며 빈곤이 판을 치는 이 세계에서 어떻게 도덕적 가치를 세울 수 있겠습니까? 이건 모두 정부의 잘못입니다."

회초리 논평

말도 안 된다!

지금까지 전문가인 양하는 사람

들의 말은 모두 틀렸다.

위기에 빠진 사회에 대해 불평만 하면서 다른 사람에게 잘못을 돌리는 행위, 바로 이런 사람들이 우리를 책임지고 있으니 어찌 세상이 잘 돌아가겠는가?

청소년 범죄의 증가를 막을 쉬운 해법이 있다.

아이들이 그런 범죄를 저지르는 것이 아닌가?

그렇다면 더 이상 분석할 필요도 없다.

모두 아이들의 잘못이다!!!

회초리 일보 독자들에게 특별 구매 기회를 드립니다!

집 지키는 개 기계
단돈 499.99파운드!

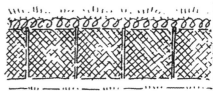

전기가 흐르는 철조망   단돈 2,799파운드!

정원 장식용 중무장 인형
단돈 299.99파운드!

정원용 함정   단돈 1,599.99파운드!

두 대의 낡은 전차

박람회는 계속되었습니다. 탭스크루 씨는 공포의 쥐 소년 우리를 해체했습니다. 탭스크루 부인은 말총과 풀을 이용하여 '수염 난 여자'가 되어 돈을 벌었습니다. 하지만 일주일 정도 지나자 탭스크루 부인은 너무 가려워서 더는 못 하겠다고 했습니다. 그러자 탭스크루 씨는 놀이기구 주인 집의 부루퉁한 딸에게 뱀 여인 세르펜티나가 되어 보면 어떻겠느냐고 설득했습니다. 쥐 소년은 이제 끝난 것입니다.

한편, 밥과 조앤은 다시 집으로 돌아와야 했습니다. 왜냐하면 돈이 떨어져 일을 해야만 했기 때문입니다. 둘은 며칠 동안 일해서 돈을 조금 모아 박람회가 열렸던 마을로 다시 가 주위를 살펴보았습니다.

둘은 하루 종일 그곳에서 보냈습니다. 가게마다 들러 물어보고, 길이란 길은 다 살펴보고, 그 전에는 불편하게 생각해서 하지 않았던 일까지 했습니다. 경찰서에 가서 물어본 것입니다!

하지만 경찰도 아무 도움을 주지 못하였습니다. 사무실에 앉아 있던 경사는 세부 사항까지 열심히 적은 뒤 포스터를 만들어 붙이겠다고 약속했지만, 사진이 없으면 별로 효과가 없을 거라고 했습니다.

밥과 조앤은 샌드위치를 먹으려고 공원 벤치에 앉았습니다.

조앤이 말했습니다.

"그 불쌍한 아이를 다시는 찾지 못할 것만 같아요."

"그럴 리 없어. 우리는 그 아이를 꼭 찾을 거요. 걱정 마요, 여보. 그런데 그거 알아?"

"뭘요?"

"그러니까 우리에게도 인생의 목표가 생겼다는 거야. 지금까지는 그냥 바퀴만 굴리며 살아온 거지. 마치 오래된 전차처럼 말이야. 나는 항상 구두 뒤축이며, 굽이며, 가죽 가격만 생각하면서 살았어. 하지만 그 아이가 우리 집에 와서 문을 두드린 이후, 갑자기 나의 인생 행로가 바뀌었어. 그 아이가 없어진 마당에, 죽을 때까지 바퀴만 굴리며 앞으로 나아가고 싶지는 않아. 나에게 제대로 할 일이 생긴 거지. 무슨 말인지 알겠어, 여보?"

"당신은 바보예요. 전차라니. 지금 누구한테 전차라고 하는 거예요? 우리가 결혼한 지 얼마나 되었죠? 기억도 못하죠?"

"32년 됐지."

"좋아요. 기억은 하는군요. 그러고도 나한테 무슨 말인지 알 겠냐고 묻다니요. 당신이 하는 말이 무슨 말인지 몰랐다면, 당 신과 함께 지금 이 자리에 있지도 않을 거예요, 밥 존스. 이미 옛날에 당신을 떠났겠죠. 당신이 그 탭스크루와 이야기할 때, 당신은……. 그러니까 당신이 말이죠……. 아아!"

그러더니 조앤은 잠시 눈물을 흘렸습니다.
밥은 조앤의 손을 잡고 조앤이
눈시울을 훔치도록 놔두었습니다.

조앤이 말을 이었습니다.

"그때 당신이, '우리 애'라고
했잖아요. 바로 그거였어요. 난
그 애를 데려오기 위해서라면
무슨 일이라도 할 각오가 되어
있어요. 정말이에요. 그런데…….
당신은 정말 그 아이가 시궁쥐였다고 믿나요? 그런 일은 불가 능하잖아요. 시궁쥐가 아이가 되었다는 것 말이에요."

"불가능하지. 최소한, 들어 본 적이나 신문에서 읽어 본 적도 없어."

"망할 놈의 신문. 그렇다면 도대체 진실은 뭘까요? 그 아이가 거짓말을 하는 건 아니겠죠?"

"아니야, 그 아이는 정직한 아이야. 아마 거짓말을 할 줄도 모를걸. 그 아이는 나쁜 짓을 했을 때도 바로 자기가 했다고 말하는 아이야. 게다가 그 나쁜 짓이라는 것도 진짜 나쁜 짓이 아니고, 그냥 아무것도 모르는 동물들이 하는 그런……."

"쥐처럼 말이죠."

"바로 그거야. 나도 시궁쥐라면 질색이지만, 쥐들은 사람처럼 악하지도 잔인하지도 않아. 그냥 그들의 습성에 따라 하는 짓이 쥐다울 뿐이지."

"로저도 그래요. 그냥 약간 쥐다운 버릇이 있을 뿐이에요."

조앤은 밥의 말을 되풀이한 뒤 코를 풀었습니다.

"이제 좀 기분이 나아졌어요. 아아, 정말이지 걱정이……."

구부정하고 사악한,
유해한 기운을 내뿜는 존재

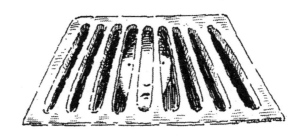

밥은 스포츠난을 보기 위해 신문을 읽는다고 말은 했지만 사실 다른 사람들처럼 복권 당첨자나 스캔들이나 살인 사건 이야기도 읽었습니다.

회초리일보의 편집장은 기자들에게 기괴하고 감상적이고 무섭고 자극적인 이야기라면 어떤 것이라도 놓치지 말고 취재하라고 일렀고, 사실이건 아니건 기사로 실었습니다. 편집장이 가장 좋아하는 이야기는 약간씩 변화되면서 계속해서 이어지는 이야기로, 별로 똑똑하지 않은 사람이 서둘러 읽더라도 쉽게 이해할 수 있어야 했습니다.

하지만 요즘 들어 회초리일보는 그런 종류의 이야기를 잘 발굴해 내지 못했습니다. 왕족의 결혼식으로 독자들의 흥미를 좀 유발시키는 데는 성공했지만, 결혼식이 끝나자마자 사람들은 신문을 그리 많이 사지 않았지요. 편집장은 점점 더 초조해졌습니다.

그래서 회초리일보의 야심만만한 젊은 기자는 어떤 이상한 소문이 들리자 귀를 쫑긋 세우고 질문을 하고 다녔습니다. 곧 여러 가지 소문이 돌았습니다. 하수도에 유령들이 산다는 이야기였습니다. 사람들은 그 유령들이 속삭이는 소리를 들었다고 했습니다. 어떤 여자는 하수구 덮개 철망 사이로 자기를 올려다보는 소름 끼치는 얼굴을 보았다고 했습니다. 하수도 청소를 하는 사람들은 어둠 속에서 분명 무엇을 보았다고 맹세를 했고요.

기자는 세 명의 하수도 청소부를 술집에서 만났습니다. 그리고 그들에게 술을 아주 많이 사 주며 물었습니다.

"그래서 이게 어떻게 된 얘기죠? 하수도에서 무언가 보셨다고요? 어떤 것이었지요?"

한 사람이 말했습니다.

"아주 무서웠다니까. 분명 유령임이 틀림없어."

다른 사람이 말했습니다.

"아니면 악한 영혼이거나."

세 번째 남자가 말했습니다.

"귀신도깨비일 수도 있어."

"어떻게 생겼나요?"

첫 번째 사람이 말했습니다.

"아아, 아주 사악하게 생겼지. 뭐라고 형용할 수는 없지만 말이오. 내 평생 하수도에서 일해 왔지만 이렇게까지 뭘 무서워해 본 건 처음이라니까."

두 번째 남자가 말했습니다.

"그러니까 우리가 그 아래에서 본 것은 인간의 눈으로 볼 수 있는 것이 아니었다는 거지."

세 번째 남자도 말했습니다.

"조그마한데, 끔찍하게도 사람처럼 생겼어요. 허둥지둥 뛰어서 도망갔어요. 사람이라고 할 순 없지. 이상하게 구부정한 데다가 유해한 기운이 풍겼거든."

기자는 공책에 기록하였습니다.

구부정하고 유해하다.

"좋아요. 다른 할 말은 더 없으신가요?"

두 번째 남자가 말했습니다.

"그런 걸 다른 데서도 본 적이 있다오. 대성당의 입구에 조각된, 죄인들이 지옥에 떨어지는 장면 말이야. 거기에 악마의 모습도 새겨져 있었는데, 내가 본 것과 똑같았어요. 소름이 끼쳐. 사악한 힘을 내뿜는 악마 말이야."

사악한 힘이라고 기록하며 기자가 말했습니다.

"최고예요."

첫 번째 사람이 다시 말했습니다.

"그리고 말이지, 또 다른 것이 있어. 시궁쥐들이 다시 돌아왔지 뭐요."

"시궁쥐들이오?"

"몇 천 마리나 된다니까. 바로 얼마 전에 다 박멸했는데 앙갚음이나 하는 듯 다시 다 돌아왔어. 어둠 속에 들어가면 시궁쥐들이 내는 소리가 들려. 그 유령을 따르면서 말이야."

기자가 말했습니다.

"환상적이군! 혹시, 저도 저 아래로 내려가서 한번 구경해 보면 안 될까요?"

그들은 반신반의하는 듯 보였습니다. 기자는 지갑을 꺼냈습니다. 그들은 고개를 끄덕였지요.

회초리 일보
진실의

하수도의 괴물 발견되다

본지의 스타 기자, 켈빈 빌지 독점 취재

반은 인간의 모습을 한 괴물이 도시의 하수도에서 발견되었다.

괴물은 어제 거세게 저항하다 잡혔으며 세 명의 하수도 청소부가 괴물과 몸싸움 와중에 심한 부상을 당하였다.

용감한 본지 기자, 케빈 빌지가 괴물을 보기 위해 들어간 맨홀

수백 마리나 있어

전문가들은 이 괴물이 새로운 변종의 첫 번째 예가 될 것이라 믿고 있다.

한 과학자가 말했다.

"이러한 괴물들이 우리 아래에서 수백 마리나 살고 있을지도 모릅니다. 해결책은 그들이 너무 강해지기 전에 모두 없애는 것뿐입니다."

박멸

괴물은 현재 방역부의 책임하에 과학자들에게 조사를 받고 있다.

시장과 시의회는 어젯밤부터 더는 시간 낭비를 하지 말라는 압박을 받고 있는 실정이다.

자비 주장에 대한 비난

일부 정치가들이 섣부른 결단을 내려선 안 된다고 주장하자 비난 여론이 빗발쳤다.

야당 대변인의 말이다.

"우리는 섣불리 판단을 해서는 안 됩니다. 괴물 또한 희생자일지도 모릅니다."

언론의 자유

온 나라 사람들이 회초리일보를 읽고 몸서리를 쳤습니다.

사실 이렇게 하수도 괴물에 대한 기사가 화제가 되자 다른 주제들은 모두 빛을 잃었습니다. 장관의 소득세 인하 방안도, 신부와 함께 신혼여행에서 돌아온 왕자도, 아니 스포츠 경기 결과도 사람들의 관심을 끌지 못했습니다. 모두들 '괴물' 이야기에만 정신이 팔려 있었지요.

그리하여 회초리일보는 주말 특별 증보판을 내, 25만 부를 더 파는 성과를 올렸습니다.

특별 증보판

진실외

하수도의 괴물

하수도의 괴물은 과학자들을 혼돈에 빠트리고 있다. 지금까지 알려지지 않은, 인간으로 진화하기 이전의 종이 기적적으로 살아남은 것일까?

혹은 외계에서 온 생명체일까?

또는 환경 오염으로 생긴 섬뜩한 돌연변이일까?

확실한 것은 괴물과 비슷한 사례는 지금까지 단 한 번도 발견된 바가 없다는 것이다.

이 괴물의 피비린내 나는 사악한 행적에 대해서는 추측만 가능할 뿐이다.

우리는 이 사회를 위협할 수도 있는 이러한 존재를 대중에게 알린 회초리일보의 공로에 감사를 표해야 한다.

하수도 은신처에서 지내는
사악한 괴물의 모습

당신의 의견

아래의 쿠폰에 표시를 해서
회초리일보로 보내 주세요.

이 사악한 괴물을
박멸해야 할까요?

예　　아니요

속지 마라

방역부에서는 정부 최고 과학자가 우리에 갇힌 동물을 조사했습니다. 동물은 지푸라기 더미 위에 앉아 과학자를 당연히, 이해할 수 없는 표정으로 바라보았습니다.

"분명 인간의 모습을 하고 있는데."

조수가 옆에서 과학자의 말을 받아 적었습니다.

"듣기에는 시궁쥐와 무슨 관련이 있다고 했지만, 겉모습은 설치류와 닮은 점이 한 군데도 없어."

조수가 말했습니다.

"갉기는 하던데요."

"침팬지도 갉기는 하지. 나뭇가지 같은 것들 말이야. 이건 의심의 여지 없이 영장류의 모습이야."

"하지만 그렇다면 왜 하수도에서 살까요?"

"그걸 우리가 밝혀내야지."

정부 최고 과학자가 그곳에 온 까닭은 수상이 그에게 조사를 명했기 때문입니다. 수상은 이 괴물 사건에 깊은 관심을 보였습니다. 왜냐하면, 다른 장관들과 마찬가지로, 수상도 그때 아주 인기가 없었기 때문입니다. 신문의 앞면에 다른 기사가 나오는 것만으로도 수상을 도와주는 셈이었습니다. 만약 사람들이 미워할 만할 다른 것이 생긴다면 더 좋았고요. 그래서 최고 과학자는 괴물이 가능한 한 최고로 혐오스러운 존재라는 결론을 내리라는 당부와 함께, 할 수 있는 만큼 조사 기간을 연장해 보라는 명도 받았습니다.

위험한 괴물에 대처하기 위해 그물과 막대기를 갖춘 채, 경험 많은 동물원 관리인들과 함께 온 최고 과학자는 우리를 열고 안으로 들어갔습니다. 과학자의 말을 받아 적는 조수도 옆에 바싹 붙어 있었습니다.

괴물은 별로 괴물 같아 보이지 않았습니다. 하지만 겉모습에 속을 최고 과학자가 아니지요. 겉모습 속에 감춰진 것이 더 중요하니까요. 몸을 덜덜 떨고 있는 이 작고 발가벗은 생물은 영장류, 더 정확히 말하자면 인간의 남자아이 모습이었습니다. 하지만 그 사실은 이 생물을 더 섬뜩하고 부자연스럽게 느껴지게 할 뿐이었습니다. 최고 과학자는 코에 주름을 잡은 채, 이

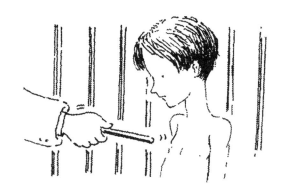

생물을 연필로 찔러 보았습니다.

그러자 괴물은 인간과 아주 비슷한 소리를 내고는 더러운 앞발로 연필을 움켜잡았습니다. 최고 과학자가 놀라서 연필을 놓자 괴물은 아주 만족스러운 듯한 모습으로 연필을 갉아 먹기 시작했습니다.

최고 과학자가 말했습니다.

"놀랍군. 인간과 똑같은 모습으로 갉고 있어. 누군가에게 배웠음이 틀림없어. 본능일 수는 없어. 이빨의 형태도 설치류와는 달라."

한 동물원 관리인이 자신 없는 듯 말했습니다.

"죄송하지만, 선생님, 제가 잘못 들었는지는 모르지만, 저것이 혹시 '고맙습니다'라고 말하지 않았나요?"

최고 과학자는 잘난 척하면서 껄껄 웃었습니다.

"아니, 아니야. 당신이 들은 소리는 바로 반사 음향이라는 거야. 당신의 생각이 당신이 듣는 소리에 의미를 부여하는 거지.

혈액 샘플을 추출해야 하니 저 생물을 잡아 주시오."

동물원 관리인이 말했습니다.

"그물을 쓰는 것이 좋을 것 같습니다."

"그렇다면 그렇게 하든가. 정맥을 찾을 수 있도록 앞다리 쪽을 이쪽으로 해 주게."

동물원 관리인들은 괴물에게 그물을 던졌습니다. 괴물은 맹렬히 몸부림치며 여러 가지 반사 음향을 내뱉었습니다. 괴물이 내는 소리가 반사 음향에 지나지 않는다는 것을 알았기 때문에 아무도 신경 쓰지 않았습니다. 그리고 지푸라기 위에 괴물을 꽁꽁 동여매어 앞다리 쪽을 내놓게 하는 데 성공했습니다.

"꼭 잡아."

최고 과학자는 작고 마른 앞다리에 바늘을 꽂아 피를 뽑아냈습니다.

괴물은 소리를 지르고 발로 차며 울었지만, 사람들은 괴물의 소리를 아예 무시하면 신경이 덜 쓰인다는 것을 깨달았습니다. 최고 과학자는 시험관의 마개를 닫았습니다.

"오늘은 여기까지. 그리고 내가 여기 목록을 만들어 놓았으니 계획에 따라 하루에 두 번씩 음식을 먹이도록 하게. 그 뒤에는 여러 자극에 이 생물이 어떻게 반응하는지 볼 것이네. 우선 소음 자극, 그다음에는 저온에 노출시켜 보고……."

조수는 이 모든 계획을 충실히 적었습니다. 하지만 과학자가 말을 끝내자 조수가 조심스럽게 이야기를 꺼냈습니다.

"저 생물은…… 잘은 모르겠지만…… 사람과 똑같아요."

"보이는 것은 아주 피상적인 것이야. 저 생물체의 내부는 바깥에서 보는 것과는 전혀 다르게 구성되어 있을 것 같네."

조수가 대답했습니다.

"네, 선생님."

우리 아이들이 위험에

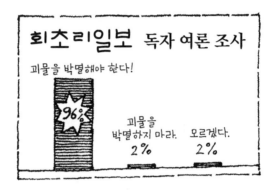

회초리일보의 독자 여론 조사에 따르면, 96퍼센트가 괴물을 없애야 한다고 주장했고, 2퍼센트는 없애면 안 된다, 나머지 2퍼센트는 모르겠다고 대답했습니다. 모르겠다가 2퍼센트 나온 사실이 여간 신기한 게 아닌데, 왜냐하면 모르겠다라고 표시하는 난이 아예 없었기 때문입니다. 괴물 사건은 점점 더 유명세를 탔습니다. 다른 신문들도 뛰어들었지요.

한 신문은 이렇게 썼습니다.

이 몸서리쳐지고 야만적인 괴물이 존재하는 한

우리 아이들은 위험에 빠져 있다.

다른 신문은 이렇게 썼습니다.

도대체 정부의 대응은 언제 시작되는가?

또 다른 신문은 이렇게 썼지요.

우리 아이들을 위해 안전한 거리를!

오래지 않아 괴물은 대화의 주요 주제가 되었고 온갖 추측이 쏟아졌습니다. 모두가 괴물에 대한 자기 의견을 갖고 있었습니다. 괴물에 대해서 알면 알수록 더욱더 자기 주장이 강해졌지요. 정치인들 역시 곧 자기 의견을 말하기 시작했습니다.

한 국회의원은 국회에서 이렇게 연설하였습니다.

"구태의연한 양심의 가책 따위는 이제 벗어던질 때가 왔습니다. 세상에는 어려운 선택을 해야 할 때가 있고, 고통스럽지만 들어야 할 의견이 있으며, 굳센 의지와 용기가 필요한 행동을 해야 할 때가 있습니다. 그런 때에 우리는 우리 앞에 놓인 과업 앞에서 움츠러들거나 소극적이 되어서는 안 됩니다. 마음을 굳게 먹고 담대하게 행동해야 합니다. 우리는 이 임무를 주저 없이 확고하게 수행해야만 합니다!"

이 말은 바로 이런 뜻이었습니다. '회초리일보가 말한 대로 하고, 그게 좋은 일이라고 믿자.' 그리고 그 말은 또다시 이런 뜻이었습니다. '누군가 괴물을 없애도록 해야 한다.' 하지만 국회의원은 대놓고 그렇게 말할 수는 없었습니다. 왜냐하면 그런 식으로 말하면 좀 무지막지하게 들리니까요.

각료들 역시 회의 시간에 괴물 얘기를 안 할 수 없었습니다.

비서실장이 말했습니다.

"대중들이 아주 겁을 먹고 있어요! 사람들의 공포심을 없애려면 무엇이든 해야 합니다!"

재무부 장관이 말했습니다.

"바보 같은 소리. 난 괴물이 있다는 것조차 못 믿겠소."

농림부 장관이 말했습니다.

"있긴 있어요. 내가 봤으니까."

모두들 깜짝 놀랐습니다. 외무부 서기관이 부러워하며 물었습니다.

"아니, 어떤 절차로 그걸 보신 거죠?"

"방역부가 우리 농림부 산하잖소. 아무튼 그 괴물의 겉모습은 너무나 소름 끼치게도 사람의 아이와 똑같아요."

교육부 장관이 말했습니다.

"겉모습만 보고 판단할 순 없죠!"

대법관도 말했습니다.

"외모로 판단할 순 없는 거죠!"

비서실장이 말했습니다.

"속이 어떠냐가 중요하지 겉껍질이 중요한 것이 아닙니다! 그리고 지금 대중들은 결단을 촉구하고 있어요! 그 생물체는 박멸되어야 합니다."

농림부 장관이 말했습니다.

"글쎄, 보통은 다 그 말에 동의하겠지요. 하지만 이를 어떻게 포장하느냐 하는 문제가 남아 있소. 어린아이와 똑같이 생긴 것을 어떻게 박멸한단 말씀이신지?"

이 말에 잠시 침묵이 이어졌습니다. 모두들 문제가 뭔지 이해했지요.

교육부 장관이 말했습니다.

"그렇다면 무언가 옷을 입히든지 해서 좀 더 괴물처럼 보이게 하면 어떨까요. 그러면 보기가 심히 나쁠 것 같지는 않은데."

각료들의 회의는 몇 시간이나 계속되었습니다. 그들이 무언가 하지 않으면 신문들이 정부를 공격하리라는 것은 분명했습니다. 그들이 무얼 하건 간에 그것은 공정해 보이지 않으면 안 됩니다. 선거가 1년 정도 남았는데 유권자들의 심기를 거스르면 안 되니까요.

그때까지 수상은 아무 말이 없었습니다. 모두가 수상의 의견을 묻자, 수상은 미리 대답을 준비한 듯 단호하게 말했습니다.

"대법원에서 특별 재판을 실시해야 한다고 생각하오. 그리고 전문가와 증인들을 불러서 증언을 듣고, 판결을 내리게 하면 되오."

"훌륭한 생각입니다!"

"너무 좋은 해결책이군요!"

"상상력의 극치요!"

모두들 동의했습니다. 그러고는 판사를 임명하고 재판 날짜를 정하고 괴물의 운명은 법에 따라 결정한다고 공포했습니다.

쓰레기

특별 재판이 열리기 전날, 밥과 조앤은 지쳐서 집에 앉아 있었습니다. 마을 반대편으로 가서 집집마다 문을 두드리며 로저의 행방을 묻다가 지금 막 돌아온 것입니다. 그렇게 하는 것 말고는 무슨 일을 해야 할지 생각이 나지 않았습니다. 집에 돌아오니 거대한 빨래 더미와 뒤축과 굽을 갈아야 하는 구두 몇 켤레가 기다리고 있었습니다. 밀린 일을 해치우고 코코아 한 잔을 마시려고 앉으니 거의 열두 시가 다 되었습니다.

밥은 무심하게 신문을 뒤적거렸습니다. 지난 며칠 동안이나 신문을 읽지 않았습니다. 괴물 어쩌고 하는 머리기사를 보기는 했지만 기사를 읽지는 않았지요. 머릿속이 온통 로저 생각뿐이었으니까요. 밥은 머리를 좀 식히려고 집으로 오는 길에 신문

을 샀고, 지친 듯 머리기사를 읽어 내려갔습니다. 갑자기 밥이
벌떡 일어났습니다.

"여보, 이것 좀 들어 봐."

밥은 부스럭거리며 신문을 읽기 시작했습니다.

회초리 ^{진실의} 일보

괴물 '전문가들'을 향한 분노

내일 법정에서 소위 과학자라고 불리는 전문가 집단이 쥐 괴물을 변호하는 증언을 할 것이라는 사실이 알려져 분노를 사고 있다.

변호인 측은 어둠 속에서 나온 이 생명체가 사실은 인간이기 때문에 없애면 안 된다는 황당한 논리로 재판을 이끌 예정이다.

키티 네틀스(27세)의 가족들. 거대하고 사악한 괴물의 습격에 대비해 긴급 피난처에 몸을 의지하고 있다.

힘없는 희생자들

대중은 이러한 움직임에 대해 거세게 비난하고 있다.

"이런 끔찍하고 사악한 괴물이 살아 있는 한 우리가 어떻게 편안히 발을 뻗고 잘 수 있겠어요?"

키티 네틀스(38세)의 말이다. 네틀스 부인은 여섯 아이의 엄마이다.

여섯 아이는 아무 힘도 없는 사랑스러운 어린애이다. 바로 이런 아이들이 날뛰는 괴물의 폭력에 희생될 수도 있는 것이다.

괴물의 믿기지 않는 사악함

어젯밤에 위원회를 결성한 학부모 단체들은 주장한다.

데릭 프랫 씨(46세)가 말했다.

"이 괴물의 사악함은 믿을 수 없을 정도입니다. 지옥에서 나온 이 괴물에게서 우리 아이들을 보호하기 위해 당장 무슨 조치를 취해야만 합니다. 정부는 일부러 이 괴물을 안전하게 보호하고 있습니다. 이는 범죄자를 보호하고 무고한 시민을 위험에 몰아넣으려는 음모입니다. 만약 정부에서 이 무서운 짐 승을 없애지 않는다면 우리는 아이 들을 학교에 보내지 않겠습니다."

구부정한 형체 때문에 폭동 일어나다

500명의 건장한 무리가 괴물이 안에 있다는 소문이 퍼진 경찰서 를 벽돌과 돌로 공격한 사건이 일 어났다.

글렌다 브레인 씨(57세)가 이렇 게 말했다.

"그 무시무시하고 구부정한 형 체를 경찰서로 데리고 들어가는 것을 내가 봤어요. 그 형체는 담요 로 완전히 싸여 있었지만 나는 그 게 괴물이라는 걸 알았어요. 그런 느낌이 확 들었거든요."

회초리 논평

만약 정부가 곧 조치를 취하지 않는다면 유혈 사태가 일어날지도 모르고 그 책임은 정부에 돌아가 게 될 것이다.

너무 늦기 전에 당장 괴물을 없애라!

조앤이 말했습니다.

"그런 쓰레기 같은 기사를 뭐 하러 읽어요? 그런 기사는 발 닦을 가치도 없어요."

"아니야, 들어 봐. 우리가 너무 바빠서 이걸 놓치고 있었어. 보니까 이 시궁쥐인지 괴물인지가 하수도에서 발견되었는데 죽일지 말지 재판에 붙이려나 봐."

조앤은 밥이 무슨 말을 하는지 알아챘습니다.

"설마 당신 그게……."

"아니, 그럴 리는 없지."

밥은 마지못해 덧붙였습니다.

"하지만, 만약에 말이야……."

"어떻게 생겼대요?"

"보자……."

밥은 신문의 다른 면을 넘기며 말했습니다.

"사악하고 무시무시하고 위험하고 끔찍하고 피에 굶주렸고……. 뭐 어떻게 생겼는지 나와 있진 않네."

"로저가 그렇게 바뀌었을 리는 없는 거죠? 꼬마 로저가? 로저가 다시 쥐로 변한 건 아니겠죠?"

밥은 조용해졌습니다.

"원래 쥐였는지 아니었는지도 모르는 거잖아."

그러고는 결국 말했습니다.

"그건 머릿속에서 생각해 낸 것일 수도 있어."

"여보, 그게 만약
로저라면요? 그리고
사람들이 죽이려고
하는 거라면!"

"글쎄, 우리가 가서
막아야겠지."

자리 없음

법원은 만원이었습니다. 밥과 조앤은 사람들로 꽉 찬 복도를 간신히 헤치고 법정 앞까지 갔습니다. 그러나 안으로는 들어갈 수조차 없었지요.

바깥에 서 있던 안내원이 말했습니다.

"절대 못 들어갑니다. 아침 일곱 시부터 꽉 찼다고요."

조앤이 애원했습니다.

"제발요! 우리는 저 괴물에 대해 꼭 알아야만 해요."

"다른 만 명도 다 마찬가지입니다. 왜 내가 당신만 봐줘야 하죠?"

밥이 말했습니다.

"좋습니다. 여기, 이거 받으시오. 1파운드 드리죠."

"저리 치워요! 1파운드라고? 지금 농담합니까? 50파운드쯤 내면 당신들이 슬쩍 들어가는 동안 내가 딴 델 봐 줄 수는 있습니다. 앞 좌석 가까운 자리를 달라고 100파운드까지 낸 사람도 있는 마당에, 1파운드라니! 모욕적이군요. 저리 비키세요."

안내원이 비웃었습니다.

이 1파운드를 안내원에게 주면 버스비가 없어서 집까지 걸어가야 할 판인 밥은 창피했습니다.

조앤이 말했습니다.

"그렇다고 무례하게 굴 것까진 없잖아요, 젊은이. 그런데 안으로 들어가지도 못하는데 밖에 서 있는 이 사람들은 다 뭐죠?"

"증인들이에요."

그러고는 안내원은 다른 사람들을 밀어내기 위해 몸을 돌렸습니다.

조앤은 밥의 팔을 잡아당겨 속삭였습니다.

"그럼 신문에 나온 그 과학자들도 분명 여기 있을 거예요. 변호를 한다는 사람들 말이에요……."

밥은 찢어 온 신문을 꺼내어 살펴보았습니다.

"하지만 이름은 안 나와 있어."

조앤은 희망을 가지고 말했습니다.

"어쩌면 우리가 그 사람들을 찾아낼 수 있을지도 몰라요."

복도에 있는 사람들은 서로서로 신문과 도표와 뼈와 두개골의 모형을 보여 주며 커다란 목소리로 자기 주장을 펼치고 있었습니다.

그때 문이 열리며 안내원이 커다란 목소리로 불렀습니다.

"켈빈 빌지 씨! 켈빈 빌지 씨 들어오십시오!"

증인 중 한 명이 일어나 안내원을 따라갔습니다.

밥이 말했습니다.

"재판이 시작되었나 봐."

밥과 조앤은 가장 큰 목소리로 논쟁하는 사람들 옆에 눈에 띄지 않게 앉아서 그들이 하는 말을 들었습니다.

"그리고 그것이 쥐 떼와 함께 살고 있었단 말이오! 몇천 마리나 되는 쥐 떼와 함께!"

"병균을 옮기는……."

"조수가 그것이 '고맙습니다.'라고 말하는 걸 들었다고 맹세했다니까!"

밥과 조앤은 서로를 바라보았습니다.

"반사 음향이라는 거야!"

"앵무새의 발성 습관을 보면……."

"연필에 대해 각별한 관심을……."

밥과 조앤은 서로의 손을 꼭 잡았습니다.

"물론 결과는 이미 다 나와 있어. 다만 그걸……."

"회초리일보에서……."

"그게 잘 때면 몸을 동그랗게 말아서 조그맣게……."

밥은 더는 앉아 있을 수가 없었습니다. 조앤 역시 밥과 함께 일어났습니다. 둘은 복도를 왔다 갔다 했습니다. 말도 할 수 없었습니다.

문이 다시 열렸습니다. 안내원이 이름을 불렀습니다.

"고든 하크니스 씨! 고든 하크니스 씨, 증인석으로 들어오십 시오!"

아무도 대답하지 않았습니다.

"고든 하크니스 씨, 들어오세요!"

갑자기 밥에게 어떤 생각이 떠올랐습니다. 밥은 조앤의 손을 꼭 쥐더니 외쳤습니다.

"아, 죄송합니다! 제가 하크니스입니다."

조앤이 속삭였습니다.

"지금 뭐 하는 거예요?"

밥도 조그만 소리로 대답했습니다.

"이렇게 해야만 들어갈 수 있어!"

"이쪽으로 오십시오."

밥은 안내원이 가리키는 쪽으로 미적거리는 조앤의 손을 잡아끌었습니다. 조앤은 밥이 당장이라도 신분 사칭죄로 잡혀 들어갈 거라고 생각했습니다. 그렇다면 문제는 더 커지겠지요. 하지만 지금 밥은 항상 그런 것처럼 너무나 확신에 차 있었고 담대했습니다.

밥은 안내원에게 말했습니다.

"이 사람은 내 아내 하크니스 부인이오. 이 사람도 증인이고 난 이 사람 없이는 증언을 하지 못하오. 그러니 나랑 같이 들어가야 하오."

안내원이 말했습니다.

"제가 가진 목록에는 없는데요."

"그때는 조카딸을 보러 가서 없어서 그런 거였소. 하지만 이제 있으니까 나랑 같이 들어가야 하오."

"좋습니다. 같이 들어가셔도 될 것 같습니다."

안내원은 두 사람을 법정으로 들여보냈습니다.

재판

밥과 조앤, 둘이 함께 증인석에 올라서자 법정의 사람들은 놀라서 수군거렸습니다. 조앤은 불안하게 주위를 둘러보았습니다. 빨간 가운과 가발을 쓴 재판장이 있었고, 검은 가운에 가발을 쓴 변호사들도 보였습니다. 의자에 앉은 사람들과 뒤에 서 있는 사람들이 몇백 명은 되어 보였습니다. 조앤은 몸이 떨리는 것을 막아 보려고 앉아 있는 사람들을 모두 세어 100을 곱해 보고, 서 있는 사람들을 모두 세어 50을 곱해 보고, 둘을 더해 안내원이 돈을 얼마나 벌었을지 계산도 해 보았습니다.

한 변호사가 자기 옷깃을 만지며 일어서서 말했습니다.

"당신은 비교 해부학과에서 강의를 하시는 고든 하크니스 씨 이시죠?

"아닙니다. 나는 구두장이인 밥 존스입니다. 그리고 이 사람은 세탁부인 제 아내 조앤입니다."

"그렇다면 거기서 뭘 하는 겁니까?"

"저는 이 안으로 들어오기 위해 하크니스 씨인 척했습니다. 그렇게라도 하지 않았으면 저희를 들여보내 주지 않았을 테니까요. 우리는 괴물이라고 알려진 오늘의 재판 주제에 대해 모두에게 알려 드릴 중대한 정보를 가지고 있습니다."

군중들은 흥분과 호기심에 소란스러워졌습니다. 법관들은 서로 쪽지를 주고받았고 기자들은 열심히 무언가 적었으며 뒤에서 구경하던 사람들은 손가락으로 가리키고 이야기를 하면서 목을 길게 빼고 두 사람을 바라보았습니다.

재판장이 말했습니다.

"조용! 법정에서 정숙하시오! 그러지 않으면 휴정하겠소."

갑자기 모두들 이야기를 멈추었습니다.

재판장이 말했습니다.

"그러면 존스 씨, 당신이 하크니스가 아닌 존스 씨라면, 왜 그랬는지 설명을 제대로 하시오. 이것은 아주 심각한 문제요."

밥이 말했습니다.

"네, 알겠습니다, 존경하는 재판장님. 우리는 그 괴물이 전혀 괴물이 아니라는 걸 말하려고 왔습니다. 괴물이 아니라 로저라는 꼬마 남자아이입니다. 그 사실을 확인하기 위해서는 그냥 로저를 이리 데려와서 모두에게 보여 주는 것으로 충분합니다. 그리고 그게 로저가 맞다면, 우리는 그 아이를 집으로 데려가 겠습니다. 이게 다입니다."

재판장이 물었습니다.

"그 로저라는 아이가 당신과 혈연관계요? 아들이거나 손자 요?"

"그렇진 않습니다."

"그렇다면 당신들과 어떤 관계요?"

"어느 날 밤, 그 아이가 우리 집 문을 두드렸습니다. 그래서 우리가 그 아이를 데리고 있게 되었습니다."

"그 아이가 어디에서 왔는지는 알아보았소?"

"네."

"그래, 뭐라고 하던가요?"

밥이 마지못해서 말했습니다.

"아이는 자기가 시궁쥐였다고 말했습니다."

재판장이 밥을 쏘아보았습니다.

조앤이 거들었습니다.

"정말 그렇게 말했습니다, 재판장님."

재판장은 조앤도 쏘아보았습니다. 사람들은 속닥거리기 시 작했고 어떤 사람들은 웃었습니다. 재판장은 조용히 하라고 망 치를 두드렸습니다. 그리고 다시 물었습니다.

"그렇다면 당신들은 그 아이를 어떻게 했소?"

"아이를 데리고 경찰서에도 가고 병원에도 가고 시청에도 가 봤지만 아무도 아이를 맡겠다고 하지 않았습니다. 우리가 아이를 학교에 보냈더니 학교에서는 아이에게 매질을 했을 뿐입니다. 그러던 중 왕립 철학자라고 하는 신사분이 방문하여 조사를 좀 하겠다고 데려가서는 아이에게 겁을 주었고 아이는 달아나고 말았습니다. 그 뒤 우리는 쭉 아이를 찾아다녔습니다.

그러나 아이를 거의 찾았다 싶을 때마다 무슨 일인가 일어나 아이는 다른 곳으로 달아나 버리곤 했습니다. 그 아이는 아주 착하고 다정한 아이지만 꾀임에 빠지기 쉬운 어린애입니다. 괴물에 대한 말도 안 되는 소문을 듣고, 우리는 혹시나 실수로 그 아이를 처형하는 것을 막아야 한다고 생각했습니다."

"알겠소."

이렇게 대답한 재판장은 곧바로 서기에게 물었습니다.

"왕립 철학자도 증언을 합니까?"

법정 서기가 대답했습니다.

"내일 합니다, 재판장님."

"지금 당장 데려오시오."

재판장이 그렇게 말하고는 덧붙였습니다.

"존스 씨 부부, 당신들은 법정을 속이는 죄를 저질렀소. 하지만 당신들이 그럴 만한 이유가 있었다고 받아들이니, 이젠 앉아서 남은 재판을 들으시오. 하지만 당신들을 증인으로 부를지 말지는 내 소관이오."

밥이 대답했습니다.

"감사합니다, 재판장님."

안내원은 그들을 앞줄에 있는 긴 의자로 데려가 다른 사람들보고 자리를 좁혀서 같이 앉으라고 했고, 투덜투덜 불평들이 쏟아졌지요.

그때 진짜 하크니스 씨가 도착해서 다음 증인으로 불려 나왔습니다. 하크니스 씨는 자기가 괴물을 조사해 보았으며 여러 가지 점으로 인간이 아니라는 점을 밝혀냈다고 말했습니다. 하크니스 씨는 법정 안의 모든 사람에게 도표와 차트와 수식을

펼쳐 보이며 화학적 분석과 통계적 분광학을 이용해 그 괴물이 지금까지 알려지지 않은 위험한 생명체라는 것을 알아냈다고 하였습니다.

밥은 안절부절못하기 시작했습니다. 조앤은 가만히 있으라는 뜻으로 팔꿈치로 밥을 찔렀습니다.

두 사람은 다음 증인 때문에 놀랐습니다. 바로 탭스크루 씨였기 때문이었지요. 밥은 주먹을 불끈 쥐었습니다.

변호사가 물었습니다.

"당신은 박람회 전시장의 주인이시죠?"

탭스크루 씨가 대답했습니다.

"네, 자랑스럽게도 그렇습니다."

"이 법정에서 당신과 괴물의 관계에 대해 증언해 주십시오."

"저는 괴물 등의 전시에 오랜 경험을 가지고 있습니다. 저는 유명한 수마트라의 인어에서부터 멕시코의 뼈 없는 인간에 이르기까지 대자연의 신비를 수없이 전시해 왔지요.

법정의 고명하신 신사 숙녀 여러분께 사실 박람회의 전시는 가벼운 오락거리라는 것을 설명드릴 필요는 없을 것입니다. 그러니까 저의 인어는, 뭐 하긴 바다에 인어가 있는지 없는지는 알 수 없지만, 하여튼 저희 집 인어는 낸시 스월러라는 아가씨로 그 꼬리는 제 부인이 새틴과 금속 장식으로 만든 것입니다. 인어 사업은 크게 번창했습니다. 보러 오신 손님들은 돈을 낸

만큼 공연을 즐기셨고, 낸시는 월급을 받았고, 모두들 만족했
지요.

 하지만 저는 언제나 대중 앞에 내세울 만한 새롭고 특이한
볼거리를 찾고 있었습니다, 존경하는 재판장님. 그래서 반은
인간이고 반은 쥐라는 이 새로운 괴물에 대해 듣자마자 저는
그것을 찾아나섰지요. 그리고…….”

 재판장이 물었습니다.

 “잠시만, 탭스크루 씨, 그 얘기는 어디서 처음 들었소?”

 “검은말주점에서 들었습니다. 제 기억이 확실하다면 말이지
요. 주점에서 시간을 보내고 있다가 누군가 제 앞에서, 자기
이웃이 인간의 아이와 비슷하지만 사실은 쥐인 어떤 생물체를
돌보고 있다나 숨기고 있다나 말하는 것을 우연히 들었지요.
그 생물체는 아무거나 다 갉아 먹는다고 했습니다. 아주 사납
고 위험하며 아마도 각종 질병을 옮기고 다닐 거라고 했지요.
그 사람은 그런 생물체가 근처에 사는 것을 좋아하지 않았습니
다.”

 “찰리로군.”

 밥이 중얼거렸습니다.

 “쉿!”

 조앤이 속삭였습니다.

 “저는 거기서부터 조사를 시작하였습니다. 조사에 임해서는

저의 풍부한 경험과 굳건한 의지를 바탕으로 곧 그 문제의 생물체를 발견해 냈습니다."

변호사가 물었습니다.

"그렇다면 그 생물체를 돌보고 있다는 사람들에게 인도하셨습니까? 당신이 들었다는 그 이웃에게 말입니다."

"아니요. 사실, 저는 술집에서 같이 이야기한 남자의 이름도 몰랐고, 어디에 사는지 들은 것도 잊어버렸습니다."

재판장이 말했습니다.

"좀 전에 당신은 조사에 풍부한 경험을 가지고 있다고 주장한 것 같은데……."

탭스크루 씨는 전혀 기죽지 않고 명랑하게 말했습니다.

"맞습니다, 재판장님. 바로 그렇습니다. 그러나 제가 그 생물

체를 발견했을 때는 이미 늦은 밤이었고 그 쥐 같은 생물체는 저를 따르는 듯 보였습니다. 어쨌든 그가 저에게서 떨어지려고 하지 않아, 저는 순수하게 자비로운 마음으로 그를 집으로 데려왔고 제 착한 아내

는 그에게 먹을 것을 주었습니다. 저는 그가 먹는 모습을 바라보다가 그를 교육용 자료로 전시하면 좋겠다는 생각을 했지요.

그래서 우리는 적지 않은 비용을 들여 마차를 수리하여 갖출수 있는 것을 모두 갖춘 안락하고 편안한 보금자리로 꾸민 뒤, 그에게 다양한 음식을 제공했습니다. 그리고 만장하신 대중 여러분에게 그를 공개하였지요. 저는 또한…….”

이 대목에서 탭스크루 씨는 커다란 손수건을 꺼내 코를 아주 세게 풀었습니다.

“저희가 그 생물체를 깊은 애정으로 돌보았다는 것을 말씀드리고자 합니다. 저녁이면 그는 우리 발밑에 몸을 웅크리고 우리 손에서 음식을 받아먹었지요. 우리는 그에게 말을 몇 마디 가르치는 데 성공했습니다.”

그러면서 탭스크루 씨는 눈가를 훔쳤습니다.

“하지만 본성은 드러나게 마련 아닙니까, 재판장님?”

그러고는 슬픈 표정으로 이야기를 계속했습니다.

“짐승을 집으로 들일 수는 있으나 그를 사람으로 만들 수는 없는 법입니다. 어느 날 그 생물체는 신뢰를 배반하고 마차의 한쪽 면을 갉아 내어 도망치고 말았습니다. 그리고 그날부터 지금까지 우리는 그를 본 적이 없습니다.”

밥은 도저히 참을 수가 없었습니다. 뛰어나가서 거짓말쟁이 탭스크루 씨의 코에 한 방 먹이고 싶어 몸의 모든 근육이 뒤틀렸습니다. 그러나 그랬다간 법정 밖으로 쫓겨날 것이라는 걸 밥은 알고 있었고, 조앤이 자기 손을 어찌나 꼭 비틀고 있는지 조앤의 손톱이 손바닥에 박힐 지경이었습니다.

변호사가 물었습니다.

"당신이 직접 관찰해 본 바에 따르면 그 생물체의 본성에 대해 어떤 결론을 내릴 수 있겠습니까?"

"그가 아무리 흉내를 잘 내어도, 그는 인간은 아닙니다. 그에게는 비늘도 있습니다. 그 생물체는 딱지와 사마귀로 뒤덮여 있습니다. 저 역시 건강을 위협받았으나, 과학에 헌신하는 마음으로 그러한 위험을 무릅썼지요. 또한 닥치는 대로 갉아 대는 습성은 바로 그가 인간이 아니라는 것을 증명합니다."

"그러면 당신의 경험으로 보아, 이러한 종류의 생물체를 성공적으로 길들일 수 있을까요?"

"아니요, 그것은 불가능합니다. 어릴 적부터 시작한다면, 그러니까 새끼 여우나 새끼 곰 또는 강아지 등은 사람 비슷하게 행동할 수 있도록 훈련시킬 수도 있고 애정을 표시하도록 가르칠 수도 있겠지요. 그러나 커지고 힘이 세어지도록 놔두면 곧 야성을 보이기 시작할 것입니다. 이런 경우 오히려 자기들이 우위를 차지하려 하므로 길들일 수가 없지요. 이런 생물체는 집에서 기르는 개나 고양이와는 다릅니다. 야성을 지닌 사나운 짐승입니다. 커다랗게 자라도록 놔둔다면 언젠가는 당신의 목을 찢어 당신의 눈앞에서 잘근잘근 씹어 먹을지도 모릅니다. 신이 나서 말이죠."

탭스크루 씨는 신이 나서 말했습니다.

"도망간 뒤 괴물에게 무슨 일이 일어났는지는 모르십니까?"

"전혀 모릅니다."

"지금 전시하는 품목은 무엇입니까, 탭스크루 씨?"

"이렇게 말해도 된다면, 매우 특이하고도 훌륭한 품목입니다. 뱀 소녀 세르펜티나라고요, 반은 뱀이고 반은 사람이지요. 이 구불텅거리며 미끈거리는 뱀 소녀는 무시무시한······."

"진짜인가요? 아니면 당신의 인어와 같은 종류인가요?"

탭스크루 씨는 유쾌하게 말했습니다.

"하하, 현명하십니다. 알겠습니다. 진짜는 아니지요. 뱀 소녀는 가벼운 오락거리죠. 신사 숙녀 여러분! 오늘은 반값입니다! 재판 기간 동안 반값으로 모십니다!"

"알겠습니다, 탭스크루 씨. 내려가도 좋습니다."

탭스크루 씨는 증인석에서 내려오며 가까이 있는 사람들에게 광고지를 나누어 주었습니다. 그러다 밥과 조앤이 자신을 쏘아보는 걸 알아차리고는 다른 방향을 바라보더니 황급히 사라졌습니다.

안내원은 재판장에게 쪽지를 전달했습니다. 재판장은 쪽지를 읽더니 "좋아, 다음 증인을 불러들이게." 하고 말했습니다.

안내원이 밖으로 나간 사이 밥이 투덜거렸습니다.

"누가 나와서 말을 하면 할수록 상황은 더 나빠지는 것 같아! 그냥 애를 불러다가 앞에 세우기만 하면 모두들 아이가 괴물이 아니라는 걸 알 수 있을 텐데!"

조앤이 조그마한 소리로 대답했습니다.

"꼭 그럴 것 같진 않아요. 이런 이야기들이 길어지면 길어질수록, 로저를 보았을 때 자기들이 어리석은 짓을 했다는 것이 더욱더 확실해질 테니까요. 문제는 아이를 보여 줄 것 같지가 않네요."

안내원이 법정으로 들어와 말했습니다.

"왕립 철학자 셉티머스 프로서 박사입니다!"

철학자가 증인대 위에 서자 밥이 조그맣게 말했습니다.

"하, 이제 모두 무대로 등장하는군."

변호사가 말을 시작했습니다.

"당신의 직업은 무엇입니까, 프로서 박사?"

"국왕 폐하는 매우 재능 있는 아마추어 철학자이십니다. 저는 폐하의 개인 철학 고문으로 일하는 영예를 누리고 있습니다."

"법정에서 당신과 괴물과의 관계를 밝혀 주실 수 있겠습니까?"

"물론입니다. 우선 저는 자기가 시궁쥐였다고 주장하는 소년이 있다는 것을 알고 흥미를 가지게 되었습니다. 그래서 그 소년을 찾아내어 몇 가지 조사를 실시했지요."

여기서 왕립 철학자는 서류 가방에서 종이 몇 장을 꺼낸 뒤 안경을 썼습니다.

"그 조사를 통해 저는 매우 주목할 만한 정신 분열 상태와 자기 부정, 편집증의 증상을 발견하였습니다. 그 생물체의 인식은 정상적으로 발달되지 못한 상태였고……."

밥은 이를 갈았습니다. 왕립 철학자가 유창하게 로저를 설명하고 증명해 보이고 정의해 나가면 나갈수록 로저는 점점 더 현실감을 잃어 나중엔 그냥 여러 단어의 덩어리 중 한 단어처럼 느껴졌습니다.

결국은 재판장이 끼어들었습니다.

"프로서 박사, 내가 제대로 이해했는지 물어봐도 되겠소? 그렇다면 그 생물체가 본질적으로는 쥐이며, 사람이 아니라는 것이오?"

"바로 그렇습니다, 재판장님. 그 생물체에게 내재된 본능이 그런지라 그것과 우리들 사이의 도덕적인 연관성은 없다고 보아야 합니다."

"그렇다면, 내가 정리하겠소. 당신은 지금, 우리 인간들이 그 생물체에 대해 책임을 질 필요가 없다고 주장하는 것이오? 그것이 인간이 아니므로 우리는 그것을 다른 해충이나 기생충과 똑같이 다루어도 된다는 것이오?"

"네, 바로 그렇지요."

더 이상 참을 수가 없었습니다. 밥은 그 자리에서 벌떡 일어나 왕립 철학자를 향해 주먹을 휘두르며 쩌렁쩌렁 울리는 목소리로 소리쳤습니다.

"당신은 그 아이를 한 번도 제대로 다룬 적이 없잖아! 이 사기꾼아, 우리에게 한 약속도 지키지 않고 아이가 도망치게 내버려 두었잖아! 잘난 설명은 집어치우라고! 로저는 괴물도 생물체도 쥐도 해충도 아니야! 그 애는 작은 소년이란 말이야!"

재판장은 망치를 두드리고 안내원은 밥을 향해 서둘러 달려왔습니다. 경찰 두 명이 도우려고 함께 달려왔습니다.

그들이 밥의 팔을 잡았고 밥은 소리쳤습니다.

"아이를 법정으로 데려와! 모두에게 보여 줘! 아이가 하는 말을 들어 봐! 그럼 알게 될 거야! 그 애는 작은 소년이야! 사람이란 말이야! 우리와 똑같아! 아이를 데려와서 모두에게 보여 줘!"

그 순간 경찰과 안내원이 밥을 거의 출입문까지 끌고 나갔습니다. 조앤도 끌려가는 밥을 따라가며 같이 소리쳤지만 워낙 소란스러워 누구도 아무 소리도 알아듣지 못했습니다. 사람들은 고함을 지르고, 야유를 보내고, 웃고, 더 잘 보려고 긴 의자에 올라섰습니다. 몇 년 만에 가장 흥미진진한 재판이었지요.

회초리 일보

진실의

심판은 내려졌다

하수도의 괴물을 죽이는 것으로 공식적인 결정이 내려졌다.

어제 법원에서 흥미로운 광경들이 연출된 이후 재판장은 판결을 내렸다.

"사악한 짐승을 처형하라."

괴물은 내일 처형될 예정이다.

기쁨에 찬 시민들

판결이 내려진 뒤 법원 밖에서는 기쁨에 찬 시민들이 잔치를 벌였다.

아이들을 학교에 보내지 않던 부모들은 불꽃놀이와 가두 행진으로 판결을 축하했다.

그 와중에 78명의 시민이 부상당했는데, 그중 5명은 중상을 입었다.

본지의 철학 전문 기자는 적고 있다:

어제 재판정에서 결정적인 증언은 왕립 철학자인 프로서 박사에게서 나왔다.

회초리 일보 독점, **프로서 박사의 이야기를 읽어 보시라.**

왕립 철학자, 프로서 박사가 말한다
— 회초리일보 독점

당신이 보는 것을 믿지 말라!

셉티머스 프로서 박사 씀

몇 세기 동안이나 현자들은 되풀이해 말해 왔다. 겉모습에 속기가 쉽다고 말이다.

겉모습이 중요한 것이 아니다. 중요한 것은 그 속에 있는 것이다. 하수도의 괴물도 마치 어린아이처럼 보일지 모른다. 그는 아홉 살 난 보통 소년의 겉모습을 가지고 있을 수도 있다.

그러나 우리는 얼마나 자주 겉모습 때문에 속아 왔는가? 우리의 감각은 제한적이다. 땡금류에 비하면 우리의 시력은 형편없고, 박쥐에 비하면 우리는 귀머거리나 다름없다. 그리고 후각으로 말하자면 집에서 기르는 개가 당신보다 훨씬 뛰어날 것이다.

그러니 어떻게 우리가 이 생물체의 겉모습을 믿을 수 있겠는가?

진실로 중요한 것은 이 생물체의 본성이다. 이 생물체의 본성은 감춰져 있고 비밀스러우며 어둡고 기만적이다. 정화조 같은 야성적 식성을 갖고 있다. 이 사건의 진실한 본질은 바로 여기에 있다.

그러나 아직도 이 괴물이 우리에게 무슨 악한 짓을 했느냐고 묻는 사람들이 있다.

마치 그것이 문제라도 되는 듯 말이다!

악하다는 것은 바로 그의 본성 자체이다. 그가 무엇을 했느냐가 중요한 것이 아니라, 그가 누구인가가 중요한 것이다.

철학은 이렇게 가르친다.

당신의 감각을 믿지 말라.
진실은 당신이 보는 것에 있지 않다.
진실은
당신이 보지 못하는 곳에 있다.

진홍빛 구두 또는
장인 정신의 실질적 가치

사실을 말하자면 왕립 철학자의 글은 독자들이 이해할 수 있도록 부편집장이 다 고쳐 쓴 것이었습니다. 하지만 프로서 박사가 말한 내용이 대체로 저런 정도였지요.

모두들 이 기사가 아주 인상적이라고 생각했습니다. 그리고 서로 그렇다, 물론 겉모습에 속아서는 안 된다, 겉모습만 보고 믿은 적은 한 번도 없다, 겉모습만 보고 다른 사람을 믿어서는 안 된다, 속이 어떨지 모르니까 등등의 이야기를 주고받았습니다.

밥과 조앤은 그 기사를 읽지 않았습니다. 그러기엔 로저에 대한 걱정이 너무나 컸습니다. 법정에서 내쫓긴 뒤, 밥과 조앤은 자신들의 주장을 대변해 줄 기자를 찾았지만, 아무도 그들의 이야기를 들으려 하지 않았습니다. 회초리일보가 대중들의 관심이 괴물을 처형하는 쪽으로 쏠렸다고 결정한 이상, 그렇게 되어 버렸던 것입니다.

그래서 그날 밤 두 사람은 무슨 일을 어떻게 해야 할지 갈피를 잡지 못하고 절망적인 마음으로 앉아 있었습니다. 그때 조앤의 눈에 신문의 한 면이 들어왔습니다. 철학 기사를 읽은 밥이 화가 나서 던진 신문이 떨어질 때, 안쪽 면이 바깥으로 나와 있었지요. 거기에는 리처드 왕자의 부인인 오릴리아 왕자비의 사진이 실려 있었습니다.

갑자기 조앤의 머릿속에 무언가 떠올랐습니다.

"메리 제인!"

"누구? 메리 제인이 누구야?"

조앤은 밥의 팔을 잡으며 말했습니다.

"기억나요? 우리가 왕자의 결혼식에 대해 얘기할 때 로저가 왕자님 약혼녀의 진짜 이름은 메리 제인이라고 한 거요."

"아, 그거. 맞아, 그랬지. 그때 그 아이가 그냥 이야기를 지어냈다고 생각했지."

"나도 그랬어요. 하지만 로저는 아주 확신에 차 있었잖아요. 그 아이는 고집을 부린 적이 한 번도 없었는데. 그래서 더 이상 물어보지 않았죠. 하여튼, 왕자비님한테 도와 달라고 해 보면 어떨까요?"

"어떻게?"

"나도 몰라요. 하지만 여기 사진을 보면 친절하고 착한 사람일 거 같아요."

밥이 씁쓸히 말했습니다.

"겉모습에 속아서는……."

"그놈의 철학. 상식적으로는 겉모습을 보는 거예요. 왕자비는 착한 사람처럼 보이고, 정말로 착한 사람일지도 몰라요. 이제 우리가 할 수 있는 일도 없잖아요."

밥은 머리를 긁적이더니 인정했습니다.

"맞아. 사실이야."

그러고는 일어나며 말했습니다.

"여기, 왕자비를 만날 방법이 있어."

"뭔데요?"

"내가 만든 금 뒤축이 달린 진홍빛 구두 있지?"

조앤은 아무 말도 하지 않았지만, 밥을 바라보며 고개를 끄덕였습니다.

"그 구두를 선물로 가지고 가는 거야. 만약 왕자비님 발에 안 맞으면 나중에 태어날 아기한테 주면 되잖소. 자, 얼른 가지!"

메리 제인

두 사람은 궁전으로 가는 길을 잘 알고 있었습니다. 궁전은 마지막으로 왔을 때보다 훨씬 잘 정돈되어 있었지요. 하인 방에서 흥청망청하는 일도 없었고, 궁전 뜰에서 축구하는 병사들도 보이지 않았고, 초소에서 담배를 피우는 사람도 없었습니다. 왕과 왕비가 스플렌디피코 호텔에서 돌아오고 젊은 왕자와 왕자비가 신혼여행에서 돌아오자, 모든 것이 말쑥하게 단장되었고 하인들의 행동거지 역시 반듯해졌지요.

두 사람이 상인들이 드나드는 출입구의 문을 두드리자 제복을 입은 하인이 나와 이야기를 주의 깊게 듣더니 말했습니다.

"당신들의 선물을 왕자비께 전해 드리겠습니다. 그리고 전하의 개인 비서가 감사의 편지를 보내 드릴 것입니다."

"마마를 직접 뵐 수는 없나요? 정말 중요한 일이라서요."

"약속 없이는 불가능합니다, 부인. 우선 궁전의 오릴리아 왕자비 전하 사무실로 편지를 쓴 후 약속을 잡으십시오. 전하의 개인 비서가 처리해 드릴 것입니다."

밥이 간절한 목소리로 매달렸습니다.

"우리는 왕자비님을 꼭 만나야만 합니다! 한 사람의 목숨이 달린 일입니다!"

"유감입니다만……."

하인이 이렇게 말을 시작하는 순간 뒤에서 한 목소리가 끼어들었습니다.

"이 사람들은 누구죠?"

젊은 숙녀의 목소리였습니다. 하인은 깜짝 놀라 펄쩍 뛰어 공중에 뜬 채로 인사를 했습니다. 내려올 땐 이미 무릎을 꿇고 있었지요.

밥과 조앤은 자기 눈을 믿을 수가 없었습니다. 왕자비가 평범한 옷을 입고, 바로 자기들처럼 아무렇지도 않게 서 있었기 때문이지요. 하인은 아첨하며 비위를 맞춰야 할지, 아니면 다니지 말아야 할 구역에 내려왔다고 뭐라고 해야 할지 갈피를 잡지 못했습니다. 조앤이 급하게 말했습니다.

"마마, 저희가 선물을 가져왔어요……."

"친절하시기도 해라. 들어오세요."

왕자비의 말에 하인은 충격으로 휘청거렸습니다. 하지만 왕자비가 원하는 대로 할 수밖에 없었지요. 그래서 밥과 조앤을 위해 문을 열어서 잡아 주었습니다.

밥과 조앤은 아주 조심스럽게 왕자비를 따라 복도를 지나 계단을 올라갔습니다. 그랬더니 궁전의 다른 곳들과는 전혀 다른, 웅장하지도 으리으리하지도 않은 작고 아늑한 응접실이 나타났습니다.

밥이 구두 상자를 건네며 말했습니다.

"어…… 여기 있습니다, 전하. 만약 맞지 않으시면 놔두셨다 언젠가 태어날 아기에게 주시면 될 거예요. 아, 죄송합니다. 제 말씀은 아기 공주님께라고요. 제가 직접 만들었습니다."

"어머나, 아주 아름다워요."

왕자비는 감탄하며 신고 있던 샌들을 옆으로 휙 벗어 버리고는 새 신을 신었습니다.

"아주 잘 맞는군요! 정말 감사드려요. 너무나 친절하세요."

그 작은 신발은, 정말로 잘 맞았습니다. 밥은 자기의 행운을 믿을 수 없을 지경이었습니다.

"좋아해 주시니 영광입니다, 마마. 그런데 저희에게 심각한 문제가 있습니다……. 이런 걸 이용하려는 건 아니지만…… 부탁을 드릴 사람이 아무도 없어서……."

왕자비가 말했습니다.

"말해 보세요. 우선 좀 앉으세요."

나중에 밥과 조앤은 왕자비가 전혀 왕자비답지 않았다는 점에 동의했습니다. 정말 보통 사람 같았지요. 사실 1000배쯤 더 예뻤지만요. 그리고 너무나 친절했고 두 사람의 이야기를 관심 있게 들어 주었습니다. 왕자비는 밥이 노크 소리를 들었을 때부터 이렇게 구두를 가져올 생각을 할 때까지의 이야기를 모두 들었습니다.

왕자비의 눈은 점점 커졌고, 둘의 이야기가 끝날 때까지 아무 말도 하지 않았습니다. 얼굴이 창백했습니다.

"그를 죽일 거라고요?"

"너무나 잔인하고 사악한 일이지만, 저희에게는 그들을 막을 힘이 없습니다. 저희가 할 수 있는 일은 다 해 보았습니다."

밥에 이어 조앤도 말했습니다.

"그래서 왕자비님께 왔어요. 마지막 희망으로 말이에요. 마마님께 이런 부담을 지워 드리게 되어서 죄송해요. 하지만 로저가 말하길 '메리 제인'……."

왕자비는 자리에서 벌떡 일어났습니다.

"그게 내 이름이에요! 하지만 비밀이죠. 그런 이름은 왕족에 어울리지 않는다고 해서 바꿔야만 했어요. 다시 한번 말씀해 주세요. 그 아이가 언제 자기가 소년으로 바뀌었다고 했지요?"

"로저는 그것을 확실히 잘 몰랐습니다. 하지만 더듬어 보면, 그건 바로 마마의 약혼 발표를 할 때쯤이었습니다."

밥의 말을 들은 왕자비는 입에 손을 가져다 대었습니다.

"그 애가 누구인지 알았어요! 제발, 더 는 묻지 말아 주세요. 제가 그 애를 돕 겠어요. 최선을 다하겠어요. 약속해요. 하지만 저에게 더 이상 묻지 마세요. 제 발! 이건 너무 큰 비밀이에요……."

밥이 말했습니다.

"우린 비밀을 발설할 꿈도 꾸지 않을 겁니다. 아이를 구해만 주신다면, 평생 동안 구두를 만들어 드리겠습니다, 마마."

조앤이 물었습니다.

"그 아이를 구할 수 있을까요?"

"그들이 내가 뭘 하도록 놔둘지는 모르겠어요. 하지만 정말로 제가 할 수 있는 모든 일을 다 하겠어요. 약속해요."

왕자비, 감옥에 가다

다음 날, 방역소의 소장은 직장에 도착하자마자 긴급한 전갈을 받았습니다.

"5463호에 관련된 프로그램을 집행하지 말라. 다시 한번 반복한다. 집행하지 말라. 매우 중요한 손님 방문 예정. 5463호를 깨끗하게 보일 수 있는 상태로 관리하라."

소장은 아주 마음이 놓였습니다. 관련 프로그램이란 처형을 뜻하는 것이었고, 소장은 전혀 처형하고 싶지 않았기 때문입니다. 그래서 5463호를 씻기고 편안한 우리에 넣으라고 명령한 후, 누군지 모를 매우 중요한 손님을 기다렸습니다.

비서가 떨리는 목소리로, "오릴리아 왕자비 전하 방문입니다."라고 말했을 때 소장은 거의 기절할 뻔했습니다.

다른 사람들과 마찬가지로 소장 역시 우아하고 매력적인 왕자비에 매혹당해 있었습니다. 왕자의 회오리바람 같은 약혼에 대한 모든 기사를 다 읽었고, 결혼식 당일에는 환호하는 군중 속에 함께 있었으며, 다른 사람들과 마찬가지로 왕자비와 반쯤은 사랑에 빠졌습니다. 그 왕자비를 여기서 보다니. 바로 자신의 사무실에서. 생각만 해도 머리가 어지러웠습니다.

왕자비는 소장이 상상한 것보다 훨씬 더 예쁜 옷을 입었고, 그 옷 덕분에 천사처럼 예뻐 보였습니다. 호위병과 여자 개인 비서가 왕자비 옆에서 수행했습니다. 당혹스럽게도 귀에서 폭풍이 치는 것 같은 와중에도 소장은 왕자비가 쥐 소년에 대해서 뭐라고 말하는 것을 들었습니다.

"죄송합니다만, 지금 혹시……."

왕자비가 다시 말했습니다.

"네, 된다면 그를 만나 보고 싶어요."

소장은 어렵게 대답했습니다.

"그는 저…… 그러니까 아주 위험합니다…… 전하. 그렇게 보이지는 않지만, 아시다시피 겉모습에 속기가 쉬우니까요. 해를 끼치지 않을 것같이 보이긴 하지만……."

"네, 알아요. 하지만 저는 이 사건에 아주 관심이 많아요. 직접 보고 싶어요."

"물론입니다! 당연하지요! 그럼 저희가
무장한 직원을 서너 명 불러 놓겠습니다.
아무 걱정 마세요. 제가 직접 우리 안으
로 모시고 들어가겠습니다."

"왜 우리에 가둬 놓나요?"

"왜냐하면 어디서 왔는지도 모르는
사악하고 무서운 괴물이기 때문입니다."

소장은 참을성 있게 설명했습니다. 그리고 이렇게 예쁜 사람
이라면, 꼭 똑똑할 필요까지는 없다고 생각했습니다.

"그렇군요. 하여튼 그를 보고 싶어요. 그리고 우리에 갇혀 있
다니까, 더 이상의 보안은 필요 없어요."

게다가 고집까지 셌습니다. 무장한 직원도 필요 없다고 했고
자신의 여자 개인 비서와 호위병도 사무실에서 기다리라고 고
집을 부렸습니다. 혼자 괴물을 만나고 싶다, 바로 그거였지요.

왕자비의 뜻이었기 때문에 모두들 그렇게 하는 수밖에 없었
습니다. 그러나 소장은 저 향기롭고 가냘프고 아름다운 얼굴
이 하수도 괴물의 탐욕스러운 얼굴과 마주할 생각에 온몸을 떨
었습니다. 혹시 무슨 일이라도 있지 않을까 하는 생각만으로도
끔찍했기 때문에 소장은 아무 생각도 하지 않기로 했습니다.
그 대신 커피를 가져오라고 해 왕자비의 여자 개인 비서와 이
야기를 나눴습니다.

진심으로 소원을 빌어 봐

로저는 우리 바닥에 앉아 발가락을 세고 있었습니다. 그때 방의 문이 열리면서 누군가 들어왔지요. 로저는 쳐다보지도 않았습니다. 찾아오는 사람들은 모두 다 똑같았습니다. 단지 어떤 사람들은 더 나쁠 뿐이지요.

로저의 콧구멍으로 꽃향기 같은 좋은 냄새가 흘러들었습니다. 그 냄새는 로저의 어떤 기억을 일깨웠습니다. 로저는 몸을 씰룩씰룩 움직이더니 고개를 들었습니다.

로저가 소리쳤습니다.

"메리 제인!"

메리 제인은 혼자였습니다. 로저는 기뻐서 팔짝 뛰었습니다. 옷을 하나도 입지 않았다는 걸 까마득히 잊고요. 그러고는 앞으로 나와 철창 사이로 손을 뻗었습니다.

메리 제인은 로저의 손을 잡았습니다.

"쉿, 쥐돌아, 이제 날 메리 제인이라고 부르면 안 돼. 우린 둘 다 변했고 넌 이제 로저야. 그렇지 않니? 난 오릴리아 왕자비가 되었어. 그러니까 이제 아무한테도 메리 제인 이야기를 하면 안 돼. 나도 네가 쥐였다고는 아무한테도 얘기하지 않을게."

"난 계속 내가 쥐였다고 말해 왔는걸. 하지만 아무도 믿어 주지 않았어. 처음엔 내가 쥐였다는 걸 아무도 믿어 주지 않더니, 그다음에는 내가 소년이라는 걸 아무도 믿지 않았어. 난 정말 사람들을 이해하지 못하겠어."

"밥과 조앤이 어젯밤에 나를 찾아왔어. 난 그 전까지는 너에 대한 사정을 하나도 모르고 있었단다. 로저, 두 사람은 너 때문에 너무너무 걱정을 하고 있어. 그래서 내가 돕겠다고 했지. 내가 정말 어떻게든 해 볼게. 저 사람들이 너한테 하는 짓은 너무나 못되고 나쁜 일이야. 내가 꼭 못 하도록 할게. 두고 봐. 하수도에서 나온 사악한 괴물이라니! 그런 바보 같은 얘기는 들어 본 적도 없어."

로저는 반쯤 겁에 질려 물었습니다.

"괴물이 어디 있는데?"

"그런 건 없어. 자, 이제 잘 들어. 어쩌면 다시는 우리가 이렇게 단둘이 이야기할 기회가 없을지도 몰라. 쥐였던 것에 대해 뭘 기억하고 있니?"

"난 조그마한 아기 쥐였고 시장의 치즈 가판대 근처에 살았어. 너희 집 바로 뒤에서 말이야. 너는 부엌에서 일했잖아. 그리고 가끔 나한테 음식을 주면서 나를 간질이고는 쥐돌이라고 불렀잖아. 지금은 기억난다. 전에는 까먹고 있었는데. 어느 날 네가 날 들어 올려 구두 상자에 넣어서 부엌으로 데려갔어. 그러고는 무슨 일이 있었는지는 모르지만, 난 갑자기 소년이 되어 있었어. 이렇게 서 있었지. 옷은 입고 있었지만."

"무엇이 널 변하게 했는지는 기억나니?"

"아니. 내가 쥐였을 때는 아무것도 몰랐고, 내가 소년이 됐을 때는 벌써 변하는 게 다 끝나 있었어. 너는 무도회에 가려고 예쁜 옷을 입었고, 나는 마차를 타고 너와 함께 가서 문을 열어

192

주고 발 받침대를 빼 주고 너를 궁전까지 안내해야 했어. 그 아름다운 여자분이 그러라고 했어. 그래서 그렇게 했지."

"그리고 내가 돌아올 때까지 마차에서 기다리기로 했잖아."

"그래? 그것도 까먹었나 봐. 맞아, 이제 기억나! 난 궁전에서 길을 잃고는 혼자 놀았어. 궁전의 심부름꾼 아이들이랑 말이야. 우리는 위층의 긴 복도에서 축구도 하고 난간을 타고 미끄러져 내려오기도 하고 부엌에 숨어 들어가서 젤리랑 소시지롤도 먹었어. 정말 재미있었어. 그러다가 내가 마차로 다시 돌아가서 발 받침대를 내려 주고 문도 닫아야 한다는 걸 기억하고 마차로 달려갔을 땐 너와 마차는 벌써 가 버리고 그 자리에는 아무것도 없었어. 그런데 사람들이 날 궁전으로 못 들어가게 했어. 다른 심부름꾼 아이들은 벌써 매를 맞고 잠자리에 들었고, 나는 제복도 다르고 거기 소속이 아니라면서 나보고 나

가라고 했어.

　그 뒤로 내가 무슨 일을 했는지 몰라. 아마 나쁜 짓을 했겠지. 그러다가 난 밥과 조앤을 찾아냈어. 하지만 또 길을 잃었고, 지금은 감옥에 와 있어. 메리 제인, 저 사람들이 날 방멸시킬 거 같아. 밥과 조앤이 알면 그렇게 되도록 놔두지는 않을 거야. 난 차라리 그냥 쥐로 돌아가는 편이 나을지도 몰라. 하수도에서 난 시궁쥐인 척하고 있었지만, 아무것도 제대로 되지 않았어. 난 앞으로 갈 수도 뒤로 갈 수도 없어. 어떻게 해야 하지? 메리 제인, 난 정말 모르겠어. 내가 다시 과거로 돌아갈 수 있을까?"

　"그럴 수 있을지는 모르겠어. 나도 과거로 돌아갈 수 있는지 모르겠는걸. 넌 아마 아이로 고정된 거 같고 난 왕자비로 고정된 거 같아."

　"왕자비가 싫어, 메리 제인?"

　"글쎄, 처음에는 되고 싶었어. 정말이지 되고 싶었어. 그래서 진심으로 빌었지. 하지만 지금은 잘 모르겠어. 늘 내가 무슨 실수를 하지나 않을까 너무 걱정돼, 로저. 난 어쩌면 메리 제인으로 사는 편이 나았을지도 몰라. 내 생각에는 네가 무엇인지는 별로 중요하지 않은 것 같아. 네가 무엇을 하느냐가 중요한 거지. 그러나 여기 사람들은 그냥 내가 누군가이길 원할 뿐, 뭘 하길 원하는 건 아니야. 지금은 그냥 보여 주는 게 제일 중요해.”

 “메리 제인, 어쩌면 그 마법을 지금 우리 둘이 같이 부려 볼
수도 있지 않을까? 처음 우리가 바뀌었을 때처럼 말이야.”

 “그랬으면 좋겠어.”

 “우리 같이 빌어서 그 아름다운 여자분을 다시 불러오자!”

 “그래, 한번 해 보자.”

 메리 제인은 철창 사이로 로저의 손을 잡았습니다. 왕자비
와 괴물은 눈을 꼭 감고 소원을 빌었습니다. 진심을 다해서 열
심히. 나중에는 몸이 떨릴 정도로 말입니다. 하지만 다시 눈을
떴을 때, 아무것도 변해 있지 않았습니다. 아름다운 여자분이
라곤 왕자비뿐이었지요.

잠시 뒤 왕자비가 말했습니다.

"안 되나 봐. 그렇잖아. 아마 그 여자분은 딱 한 번만 와서 소원을 들어주고, 그 결과는 우리가 책임져야 하나 봐. 그렇다면 우리는 할 수 있는 한 이 상태에서 잘해야 할 거야."

"난 소년으로 사는 것도 괜찮아. 사람들이 그렇게 내버려 두기만 하면 말이야. 난 잘할 수도 있어. 하지만 모두 내 속에 있는 게 무엇인지 알아내려고 해."

왕자비가 말했습니다.

"우리가 할 수 있는 일이 뭔지 한번 보자."

회초리 _{진실의} 일보

왕자비와 '괴물', 기적이 일어나다

어제 궁전 밖으로 소위 '괴물' 사건에 대한 오릴리아 왕자비의 기적적인 중재 소식이 흘러 나가자 시민들은 흥분에 휩싸였다.

많은 사람이 의심했던 대로 '괴물'이라는 것은 애당초 없었다.

동화 속 공주

동화 속 공주와 같은 오릴리아 왕자비의 맑은 눈이 이 문제의 본질을 꿰뚫어 보고 놀라운 진실을 밝혀낸 것이다.

괴물은 그냥 작은 소년이었다.

초인적인 악마도, 지옥의 구멍에서 솟아 나온 독을 떨어뜨리는 짐승도 아니었다. 그냥 다른 보통 아이들과 똑같은 아이였을 뿐이다. 장난꾸러기였을지는 모르지만, 사악하다고?

그런 일은 절대로 없다!

다행히 살아남다

아이는 곧 풀려나 양부모의 손에 맡겨져 훌륭한 직업 교육을 받을 예정이다.

회초리 논평

신이여, 오릴리아 왕자비를 축복하소서!

왕자비의 착한 마음씨가 그 광명을 비출 수 없을 만큼 어두운 구석은 이 세상에 없는 것 같다.

스스로 '전문가'와 '철학자'라 주장한 당신들에게 묻고 싶다.

당신들에겐 따뜻한 마음이 있는가?

오릴리아 왕자비 덕분에 오늘 밤 어린아이 한 명이 안전하게 잠들 수 있게 되었다.

정의라고 부르는 우리의 냉정한 체제 속에서 얼마나 많은 다른 무고한 어린이들이 고통받고 있는가!

왕자비인가, 천사인가?

언론의 힘

온 나라 신문의 1면에 아름답고도 자애로운 표정을 짓는 왕자비의 사진이 실렸습니다. 사진과 함께 실린 기사들은 뭔가 혼란스러웠지만 대략 비슷한 이야기였습니다. 왕자비가 보통 사람의 힘을 뛰어넘는 사랑과 따뜻한 마음씨로 기적을 행해 끔찍하고 무시무시하고 사악한 하수도 괴물을 정상적인 작은 남자아이로 변화시켰다는 것이었습니다.

진실은 간단했습니다. 회초리일보가 하수도 괴물보다 더 괜찮은 이야깃거리를 발견한 것이었지요. 오릴리아 왕자비의 이야기는 모든 요소를 갖추고 있었습니다. 게다가 몇 년씩 계속될 수도 있었고, 사진 또한 훨씬 잘 받았으니까요.

구운 치즈

"이런 건 처음 봤어. 난 정말 신문에 질렸다고. 이제 다시는 사지 않을 거야."

밥의 말에 조앤이 대꾸했습니다.

"또 사게 될걸요. 아마 스포츠난과 십자말풀이 퀴즈를 하겠다고 사서는 뭔가 새로운 소식이 없나 하고 뒤적이다가, 지금까지처럼 읽은 것은 다 믿게 될 거예요."

"안 그럴 거야."

밥은 대답은 했지만 강력히 부정하지는 않았습니다.

한쪽 구석에서 로저가 작은 신발을 꿰매고 있었습니다. 이제 로저는 가죽을 물어뜯지 않았습니다. 밥이 밀랍을 의자에 놔두고 가도 이빨 자국은 두세 개밖에 나 있지 않았습니다.

로저가 말했습니다.

"보세요, 정말 깨끗하게 꿰맸죠? 빙 둘러서 아주 단단하게 꿰맸어요."

밥이 안경 너머로 살펴보며 말했습니다.

"딱 맞게 잘했구나. 넌 아주 훌륭한 구두장이가 될 거야."

"로저야, 이리 잠깐만 와 봐. 너한테 물어볼 것이 있다."

조앤이 부르자 작은 소년은 벽난로 앞으로 가 섰습니다. 로저는 새 옷을 입고, 갈색 머리를 단정히 빗었습니다. 로저의 까만 눈동자는 유난히 빛이 났지요.

"부르셨어요?"

로저는 예의 바르게 말했습니다.

조앤이 물었습니다.

"왕자비님이 널 보러 갔을 때 대체 무슨 일이 일어난 거니? 기적이니 뭐니 하는 말들 말이다. 아무도 우리에게 진실을 이야기해 주지 않았어. 네가 얘기해 주지 않으면 우리도 절대 모를 거다."

"우린 그냥 이야기를 했어요. 왕자비는 내가 누구인지 기억해 내었어요. 왜냐하면 왕자비는 내가 쥐였을 때 나를 알았거든요. 그리고 나는 왕자비가 무도회에 가실 때 심부름꾼 소년으로 변한 거였어요. 그런데 장난을 치고 놀다가 집으로 가는 마차를 놓치고 말았지요. 마차를 타고 집으로 갔더라면 나는 다시 쥐가 되었을지도 몰라요. 어쩌면 그게 더 나았을지도 모르지만, 그랬더라면 나는 소년이었던 것을 계속 기억하면서 영원히 다시 소년이 되고 싶어 하며 살았을지도 몰라요.

하지만 메리 제인 역시 변했어요. 제 말은 왕자비님 말이에요. 메리 제인은 지금 별로 행복하지 않아요. 이게 모두 메리 제인의 소원 때문인데, 모두 보여 주는 것이 제일 중요한 것으로 바뀌고 말았지요."

밥이 물었습니다.

"보여 주는 것이 제일 중요하다고?"

"저도 잘 몰라요. 왕자비가 그렇게 말했어요. 그렇지만 왕자비는 나에게 앞으로 할 수 있는 한 좋은 소년이 되라고 말했고 자기도 할 수 있는 한 좋은 왕자비가 되겠다고 약속했어요. 그 결과가 이렇게 된 거예요."

"아하, 그렇구나. 그러면 넌 다시 시궁쥐가 되고 싶니?"

"쥐로 사는 게 더 쉬울 거예요. 신경 쓸 일이 많지 않으니까요. 하지만 방멸될 수 있죠. 그건 싫어요. 사람으로 사는 것은 어렵지만, 만약 모두들 내가 사람이라고 생각하면 그렇게 어렵지는 않아요. 다른 사람들이 내가 사람이라고 생각하지 않으면, 그때는 정말 너무 어려워요. 난 구두장이가 될 거예요."

"좋은 생각이다. 좋은 기술은 쓸모가 많단다. 내가 그 진홍빛

구두를 만들지 않았더라면, 글쎄, 지금쯤 무슨 일이 일어났을
지 생각도 하기 싫구나."

주전자에서 물이 끓었고, 조앤은 차를 만들어 모두에게 한
잔씩 주었습니다. 밥은 치즈를 조금 구워 왔고, 모두 벽난로
앞에 편안히 앉았습니다. 집 밖의 세상은 힘들고 어려울지도
모르지만, 구운 치즈와 사랑과 장인 정신은 그들을 안전하게
지켜 줄 것입니다.

　이 책을 쓴 필립 풀먼은 현재 영국 어린이 문학을 대표하는 뛰어난 작가입니다. 어린 시절부터 작가가 되겠다는 꿈을 품고는 옥스퍼드 대학에서 영문학을 전공한 뒤 글쓰기를 시도했지만 처음에는 잘 되지 않았다고 합니다. 그 대신 학교에서 12년 동안이나 아이들을 가르쳤는데 아이들과 극본을 함께 만드는 등 특히 열성적으로 연극 활동을 지도했습니다. 이후 다시 글을 쓰기 시작했을 때, 이 학교 생활의 경험은 몇몇 작품 속에 독특한 연극적 스타일로 나타납니다. 풀먼의 작품은 말과 호흡, 드라마가 일치되어 소리 내어 읽기 좋은 작품이라는 평을 듣습니다.

　오랫동안 학교에서 어린이들과 함께 생활한 풀먼은 어린 독자들 역시 복잡하고 미묘한 줄거리를 이해할 수 있으며, 암울하고 현실 비판적인 이야기들 또한 충분히 따라올 수 있다고 생각합니다. 반드시 어린이 독자만을 염두에 두지 않은 풀먼의 많은 작품은 어린이와 어른 모두에게 크게 사랑받으며 그 문학성을 높이 평가받고 있습니다. 한 인터뷰에서 풀먼은 자신이 책을 쓰는 이유를 이렇게 밝혔습니다.

　"삶이라는 것은 너무나 소중합니다. 이 세상이 얼마나 아름다운 장소인지 알려 주고, 우리가 살고 있는 세상을 좀 더 지혜롭게 만들기 위해 모두가 노력해야 합니다."

　이렇듯 어린이 독자를 위해 썼지만, 어른 독자들 역시 많은 것을 발견해 가며 읽을 수 있는 책이 바로 《나는 시궁쥐였어요!》입니다. 도대체 어디서 왔는지 모르게 갑자기 나타난 한 소년이 자기가 시궁쥐였다고 계속 우기다니, 쥐였다가 사람이 된 소년이라니, 그렇다면 이건 신데렐라 이야기가 아닐까요? 하지만 책을 많이 읽은 독자라면 신데렐라 말고도 다른 이야기들을 떠올릴 수 있을 것입니다. 만들다 만 구두를 완성하며 구두장이를 도와주는 그림 동화 속의 난쟁이들 이야기, 고아원의 올리버 트위스트와 그 친구들, 옛이야기와 소설뿐이 아닌 철학 이론과, 전설로 남아 버린 다이애나 황태자비의 기억까지 꼬리에 꼬리를 물고 말입니다. 마치 옛이야기처럼 시작한 '소년이 된'
시궁쥐 이야기는, 창작과 인용의 경계를
넘나들며 재미있게 이어집니다. 어른 비
평가들은 이런 이야기를 '포스트 모던'
하다고 하지요.

　이미 어디서 들어 본 듯하기도 하고,
처음 듣는 것 같기도 한 로저의 이야기

　는 계속해서 이렇게 우리에게 수수께끼를 던집니다. 독자들은 책장을 넘기며, 또한 회초리일보를 통해, 이 옛이야기처럼 쓰인 소설이 사실 현대 사회의 중요한 요소 중 하나인 대중 매체에 대한 이해와 비판을 이야기하고 있다는 것을 알게 됩니다. 회초리일보가 보여 주는 대중 매체의 속성, 때로는 사실과는 상관없는 정보들을 유포하고 같은 사실에 대해 전혀 다른 해석을 전파하며 어느새 사람들의 마음을 쥐락펴락하는 모습은 우스우면서도 섬뜩합니다. 게다가 회초리일보는 한 면 안에서조차 '키티 네틀스'라는 시민의 나이와 '켈빈 빌지'라는 기자의 이름을 각각 다르게 적는 등 언론에서 가장 기본이면서도 기초적인 정보 확인도 소홀히 하고 있습니다. 이러한 회초리일보는 언론에 대한 작가의 패러디일까요, 아니면 더할 나위 없이 솔직하게 그려 낸 언론의 모습일까요?

　작가 필립 풀먼이 동화적 배경 속에 그려 내는 세계는 결코 장밋빛이 아닙니다. 로저를 있는 그대로 받아들여 주는 밥 아저씨와 조앤 아주머니를 제외하고, 로저가 만나는 사람들은 자기 생각에만 사로잡힌 탐욕스러운 모습을 보여 줍니다. 이런 사람들 사이에서 점점 더 절망적으로 그려지는 로저의 상황은 우리에게

진지하게, 몇 번이나 '인간이란 무엇일까?'라는 물음을 던집니다. 로저를 괴물이라고 몰아붙이는 사람들에게 사람이란 도대체 어떤 존재일까요?

이러한 물음에 대해 완벽한 대답을 준비하기는 힘듭니다. 작가 또한 뻔한 대답을 우리에게 쥐여 주지도 않습니다. 다만 이야기를 따라가다 우리들이 이해할 수 있는 것은, 자신과는 다를 수도 있는 사람을 받아들이는 따뜻한 마음이 인간성을 이루는 중요한 요소라는 것입니다.

이지원